Rosemarie Ke...

Der besondere
Weihnachtswunsch

Eine Erzählung aus dem Erzgebirge

✩ ✩ ✩

Rosemarie Keil
Der besondere Weihnachtswunsch
Eine Erzählung aus dem Erzgebirge
Tredition 2018

Umschlaggestaltung: Falk-Uwe Keil
Foto Umschlag: Ralf Menzel

Satz: Falk-Uwe Keil

© 2018 Rosemarie Keil

Verlag: Tredition GmbH, Hamburg
www.tredition.de

ISBN Taschenbuch: 978-3-7469-6417-1
ISBN Hardcover: 978-3-7469-6418-8
ISBN e-Book: 978-3-7469-6419-5

Bibliografische Information der Deutschen Nationalbibliothek:
Die Deutsche Nationalbibliothek verzeichnet diese Publikation
in der Deutschen Nationalbibliografie;
detaillierte bibliografische Daten sind im Internet über
http://dnb.d-nb.de abrufbar.

Rosemarie Keil

Der besondere
Weihnachtswunsch

Eine Erzählung aus dem Erzgebirge

*Jedes Mal, wenn zwei Menschen einander verzeihen,
ist Weihnachten.
Jedes Mal, wenn ihr Verständnis zeigt für eure
Kinder, ist Weihnachten.
Jedes Mal, wenn ihr einander anseht mit den Augen
des Herzens, mit einem Lächeln auf den Lippen,
ist Weihnachten.*

Aus Brasilien

1

Schon wieder hatte es angefangen zu regnen. Schwere Tropfen rannen wie Tränen in langen Bahnen an den Fensterscheiben entlang. Mächtige Nebelschwaden zogen vom Tal herüber und verwandelten die Bäume im Garten in bedrohliche Gespenster-Gestalten. Eigentlich wollte Anne heute noch Tannen- und Fichtenzweige abschneiden, denn übermorgen war ja schon der erste Advent! Doch bei dem Wetter...

Und überhaupt: Advent – ihr war noch gar nicht danach zumute. Keine Spur von Ruhe und Besinnung.

Da fiel die Haustür schwer ins Schloss, und kurz darauf stürmte die knapp sechsjährige Susanne, von allen Susi genannt, ins Zimmer:

„Mami, schmücken wir jetzt das Haus? Guck mal, wir haben heute nachmittag im Kindergarten Papiersterne gebastelt!"

„Oh, die sind aber toll! Wollen wir die gleich ans Fenster hängen? Oder lieber an den Lampenschirm? Doch weißt du, mit dem richtigen Schmücken beginnen wir lieber erst morgen oder übermorgen. Da soll es vielleicht etwas kälter werden. Für eine echte Adventsstimmung wäre es doch schöner, wenn draußen alles weiß aussehen würde oder wenn wir wenigstens ein paar Schneeflocken statt dieses endlosen Regens hätten. Meinst du nicht auch?"

„Nö, Frau Klugmeyer hat gesagt, dass es damals in Bethlehem zum allerersten Weihnachtsfest auch keinen Schnee gab. Stimmt's, Papa?"

Christian, der Susi nach der Arbeit vom Kindergarten abgeholt hatte, bemühte sich, ernst zu bleiben und schloss die Tür.

„Na, wenn es Frau Klugmeyer gesagt hat, muss es ja wohl stimmen!"

Belustigt zwinkerte er Anne zu. In Susis Alter kam man gegen die Meinung der Erzieherin sowieso nicht an. Bisher jedenfalls.

Inzwischen hatte sich auch der schwarze Kater Moritz hereingeschlichen und machte es sich auf dem Schoß der Kleinen gemütlich. Sie streichelte zärtlich seine weiße Schwanzspitze, die einzige helle Stelle an ihm.

„Also gut, da muss sich euer Vater wieder einmal opfern. Ich gehe am besten gleich in den Garten, bevor es ganz dunkel wird, und hole Zweige für euern

Adventsstrauß herein. Dann trocknen sie im Keller bis morgen, und ihr beide könnt gleich nach dem Frühstück mit dem Schmücken loslegen!"

„Au ja! Und zum Mittagessen will Franzi auch da sein. Die hat immer so tolle Ideen!"

Franziska, Susis große Schwester, hatte im Oktober ihr Studium in der Landeshauptstadt begonnen. An diesem ersten Adventswochenende wollte sie unbedingt wieder einmal in „ihrem" Erzgebirge und zu Hause in Freiberg sein. Außerdem war es da viel gemütlicher als im WG-Zimmer mit der chaotischen Gemeinschaftsküche.

„Aber die Männeln!", rief Susi plötzlich ganz aufgeregt, und ihre dunklen Augen unter den braunen Locken wurden immer größer. „Wir müssen doch die Männeln noch aufwecken!"

„Ach ja", seufzte Anne. „Das hätte ich beinahe vergessen. Da werden wir beide wohl oder übel heute noch auf den Dachboden klettern müssen!"

Also hatte sich die Kleine diesen alten erzgebirgischen Brauch vom vorigen Jahr gemerkt, wirklich erstaunlich!

„Prima, ich bin die Erste auf der Leiter!", verkündete Susi und lief los.

„Na, nun mal langsam", meldete sich Christian von der Kellertreppe her und kam zurück.

„Zuerst öffne ich euch die Klappe und lasse die Leiter herunter. Das mache ich lieber selber!"

Dann konnte es losgehen. Susi war wie der Blitz oben und sah sich neugierig um.

„Sind die Männel-Kartons nicht da hinten im alten Holzregal?"

Auch das wusste sie noch ganz genau. Ungeduldig wollte sie sich sofort daran zu schaffen machen.

„Pssst! Wir müssen ganz leise und vorsichtig sein, sonst erschrickst du doch die Männeln! Sie haben schließlich ein ganzes Jahr lang geschlafen und wollen nun behutsam geweckt werden!", versuchte Anne flüsternd, ihre Tochter zu bremsen.

Hier in der Region war es von alters her so üblich, dass die *Manneln* oder *Männeln*, also all die traditionellen hölzernen Figuren, vor dem ersten Advent von den Dachböden oder aus den oberen Schrankfächern geholt, von ihrer Verpackung befreit und liebevoll „aufgeweckt" wurden. Das Lied vom *Raachermannel*, dem Räuchermännchen, erzählt davon. Anne kannte die Verse des erzgebirgischen Mundartdichters Erich Lang seit ihren Kindertagen und sang leise:

Gahr für Gahr gieht's zun Advent of'n Buden nauf,
wird e Mannel aufgeweckt: „Komm, nu stehste auf!"

Sie konnte sich noch gut erinnern, wie sie als Kind zum „Manneln-Aufwecken" mit in die schmale, finstere Dachschräge bei Oma kriechen durfte. Ihr Bruder Matthias war damals noch ein Baby. Dort in der win-

zigen Bodenkammer hingen an jedem Weihnachts-
karton, den man hervorkramte, etliche Spinnweben.
Manchmal huschte auch eine Spinne eilig ins Dunkel
zurück oder es raschelte in einer Ecke! Ob das Mäuse
waren?! Ein wenig gruslig war das für so ein kleines
Mädchen schon.

„Mami, ich möchte meinen Räucher-Schneemann
aber ganz allein runtertragen!" Susi holte Anne aus
ihren Träumen zurück in die Gegenwart.

„Na gut, aber sei vorsichtig auf der Treppe!"

Es wäre nicht das erste Mal, dass Christian als
„Männel-Doktor" einspringen müsste.

Doch wenig später waren alle *Männeln* wohlbehal-
ten auf dem großen Tisch in der Diele angekommen
und konnten eins nach dem anderen vorsichtig „aufgeweckt" werden. Es war auch für Anne immer wieder
eine Freude, jedes einzelne sorgfältig aus dem Papier
zu wickeln und zu begrüßen: Engel und Bergmann,
Nussknacker, Räuchermann, die Krippenfiguren und
viele weitere.

Auch eine Pyramide und eine Spieldose waren dabei. Letztere hatte es Susi besonders angetan. So durfte sich die Seiffener Kirche darauf schon heute ein
paar Runden drehen. Leise erklang die Melodie von
„*Stille Nacht*", und beide lauschten andächtig.

2

*A*ls Franziska am Samstagmittag vom Bus kam, erfuhr sie sofort alle Neuigkeiten. Anne und Susi waren mit dem Schmücken von Diele und Wohnzimmer zunächst gut vorangekommen. Viele der *Männeln* erhielten dabei einen würdigen Platz auf Omas alter, von Christian sorgsam restaurierter Kommode. Allerdings war es dann zu einem kleinen Zwischenfall gekommen.

Anne hatte nur ganz kurz das Wohnzimmer verlassen, und gerade da wollte der neugierige Kater ausprobieren, ob sich die kleinen roten Kugeln am Strauß in der Bodenvase zum Spielen eigneten. Natürlich hielt das dünnwandige Glas seinen scharfen Krallen nicht stand, und im Nu waren gleich zwei von ihnen in Scherben gegangen. Susi wollte die restlichen Kugeln vor ihm in Sicherheit bringen, doch Moritz verstand dies wohl als Spiel. Eine weitere Kugel zerbrach, die

Krallen des Katers trafen die Hand des Mädchens und eine Scherbe verletzte ihren Finger. Auf Susis gellenden Schrei und Moritz' erschrockenes Fauchen hin stürzte Anne ins Zimmer. Zum Glück war die kleine Schnittwunde nicht schlimm und wurde von ihr fachgerecht verarztet. Die Katzen-Kratzer würden auch ohne buntes Dino-Pflaster schnell heilen.

Franziska hob nun eine kleine, übersehene Scherbe vom Teppichboden auf, schüttelte den Kopf und meinte lakonisch:

„Na, wenn bei Familie Unruh mal nichts los wäre, würde es ja auch langweilig!"

Nebenbei hatte sie mit leichter Hand die immer noch traurig in einem Kästchen liegenden kleinen Engel aus Papier, Holz, Keramik oder Naturmaterial am Treppengeländer in der Diele arrangiert.

„Toll, wie du das wieder gemacht hast!", rief die kleine Schwester bewundernd.

Christian wirtschaftete schon eine ganze Weile in der Küche herum und hatte heute sogar daran gedacht, die rote Kochschürze umzubinden. *„Et hät noch emmer jotjejange"*, stand in großen, weißen Buchstaben auf dem Latz. Seine Kölner Kollegen hatten ihm die Schürze zum Geburtstag geschenkt.

Und tatsächlich ging fast ausnahmslos immer alles gut, wenn Christian kochte. Das konnte er ganz hervorragend! Franziska kam näher und schnupperte neugierig.

„Hmmm, was gibt's denn heute Feines? Ich hab einen Bärenhunger! Hast du etwa was Neues ausprobiert, Paps?", fragte sie grinsend.

Christian verdrehte brummend die Augen und drohte ihr mit dem Kochlöffel. Immer wieder musste sie auf dieses eine einzige Mal anspielen, als ihm der Test eines neuen Gerichts zunächst misslang und das Ergebnis auf dem Komposthaufen landete! Allerdings war jener Tag ausgerechnet Franziskas Geburtstag gewesen.

Aber heute bestand keine Gefahr für den Hausfrieden. Christian hatte diesmal kein exotisches Gericht, sondern einen seiner heiß begehrten erzgebirgischen Klassiker gekocht: Bratwurst mit Kartoffelbrei und Sauerkraut.

3

Bis zum Nachmittagstee am ersten Advent hatte Christian die Außenbeleuchtung an den mit Zweigen und Zapfen geschmückten Blumenkästen angebracht. Die vielen kleinen Kerzen funkelten nun mit den Lichtern des Schwibbogens und des großen, gelben Adventssterns im Zimmer um die Wette. Susi betrachtete die hölzernen Verzierungen am Lichterbogen ganz genau: die gedrungene, achtseitige Seiffener Kirche mit dem Türmchen auf dem Dach, die niedrigen kleinen Häuschen, die Spanbäume und die Kurrende-Sänger. Vier von ihnen hatten winzige Liederbücher in den Händen, und einer trug eine Laterne und einen Stern.

„Paps, warum heißt das eigentlich ‚Schwibsbogen'?", fragte Susi dann.

Christian amüsierte sich insgeheim über seine kleine Tochter und meinte dann:

„Ich glaube, der Name *Schwibbogen* kommt von dem Wort ‚schweben‘. Es sieht doch zumindest im Dunkeln so aus, als ob die Lichter über dem Bogen schweben würden, stimmt's?"

Susi nickte zögernd. Doch Franziska runzelte zweifelnd die Stirn und bemerkte:

„So? Ich dachte, der Name hat irgendwas mit dem früheren Bergbau zu tun?"

„Da hast du nicht ganz unrecht, Franziska", meinte ihr Vater anerkennend.

„Die Bogenform erinnert an die sogenannten Mundlöcher hier in der Gegend. Unten im Muldental haben wir uns ja kürzlich eins angesehen. Durch diese Öffnungen gelangten die Bergleute vor Jahrhunderten in den Bergstolln hinein, wo sie unter großen Mühen das Erz aus dem Felsen schlugen."

„Ach ja, ist gut, Paps!", bremste ihn Franziska leicht ungeduldig.

„Hast du nicht gerade was von Stollen erzählt? Wann gibt's denn nun endlich eine Kostprobe? Ich hab schon einen Riesenappetit!"

Logisch, dass sie hier einen anderen, viel verlockenderen Stollen meinte: den Christstollen! Er hat jedoch nichts mit einem Bergwerksstolln zu tun, der sich auch anders schreibt: nämlich ohne das „e". Der essbare Stollen dagegen soll nach alten Überlieferungen ein Symbol für das in weiße Windeln gewickelte Christkind sein.

Endlich kam Anne mit einem großen, hölzernen Brett aus der Küche, auf dem ein frisch gebutterter und mit Puderzucker bestäubter Rosinenstollen thronte.

Sie servierte ihn, wie all die Jahre zuvor, immer noch mit einer Spur von schlechtem Gewissen. Schließlich hatte es in ihrer Kindheit nie vor dem Heiligabend den ersten Stollen gegeben. Anfang Dezember ließ ihre Mutter etwa zehn Stück beim Bäcker um die Ecke nach dem überlieferten Familienrezept und mit selbst mitgebrachten Zutaten backen. Dabei war es gar nicht immer so einfach, rechtzeitig all die guten Sachen im „Tante-Emma"-Konsum zu ergattern! Wenn das frische Backwerk ausgekühlt war, machten sich Mutter und Tochter mit einem großen Wäschekorb auf Schlitten oder Handwagen auf den Weg, um die kostbare Fracht nach Hause zu holen. Dort wurden die Stollen vorsichtig in Leinentücher eingeschlagen und in der Kommode im kühlen Schlafzimmer aufbewahrt. Jeden Abend stieg einem der verführerische Duft in die Nase, die reinste Folter! Die Stollen mussten dann den ganzen Winter über für Familie und Gäste reichen. Manchmal konnte einer sogar bis Ostern „gerettet" werden und schmeckte dann, richtig durchgezogen, besonders lecker.

Annes Eltern hatten all die Stollen-Traditionen wie selbstverständlich von den Großeltern übernommen und die wiederum von ihren Eltern. Aber das war damals eine andere, viel ärmere Zeit gewesen und der

Stollen etwas ganz Kostbares und lange Erwartetes. Heute dagegen gab es ja alles im Überfluss. Und zu den Weihnachtstagen wollte Annes Familie nach dem festlichen Mittagsmenü sowieso nur ein paar Plätzchen am Nachmittag. Also warum sollte man nicht schon jetzt, in der Adventszeit, diese gehaltvolle Köstlichkeit wirklich genießen?

Anne sah, wie drei Augenpaare strahlten, als Christian den Stollen mit einem langen Messer feierlich anschnitt. Der warme Schein vom beleuchteten Fenster her, von der ersten entzündeten Kerze am Adventskranz und von den Lichtern, die Engel und Bergmann trugen, versetzte alle in eine frohe, erwartungsvolle Stimmung. Die Pyramide mit den Krippenfiguren drehte sich zum ersten Mal in diesem Jahr und der fast hundert Jahre alte geschnitzte Räuchermann, ein Familien-Erbstück, durfte auch endlich wieder vor sich hin *naabeln*. Bei leiser vorweihnachtlicher Klaviermusik aus dem Radio, mit dem nun wieder friedlich schnurrenden Moritz auf dem Schoß, schien sogar Anne zur Ruhe zu kommen.

4

*J*n diesem Moment rückte Franziska mit einer
Überraschung heraus, die vor allem Susi noch in
Aufregung versetzen sollte. Sie berichtete, dass sie in
diesem Jahr das Krippenspiel für Heiligabend in ihrer
Kirche selbst geschrieben hatte. Naja, alles hatte sie
sich nicht ausgedacht, sondern aus einer Geschichte
der schwedischen Schriftstellerin Selma Lagerlöf, *„Die
Heilige Nacht"*, ein Theaterstück gemacht.

Und in groben Zügen machte sie ihre Familie nun
mit einer Großmutter, die ihrer kleinen Enkelin am
Heiligabend die Geschichte eines armen Mannes erzählte, vertraut. Seine Frau hatte gerade einen Jungen
zur Welt gebracht, besaß aber nichts, um das Baby zu
wärmen. So machte er sich entschlossen auf den Weg,
um Feuer zu suchen. Dabei begegnete er einem alten,
bösen Hirten, der später auf wundersame Weise verwandelt wird.

„Wir haben uns gestern Abend in unserer Jugendgruppe eine Ergänzung zu der Geschichte ausgedacht und uns überlegt, warum dieser Schafhirte so hart, so böse geworden sein könnte. So war er doch bestimmt nicht schon immer! Jedenfalls gibt es am Schluss unseres Krippenspiels noch eine längst fällige Versöhnung. Na, lasst euch überraschen!"

Bei diesen Worten seufzte Anne leise, und ihre Augen blickten ganz traurig. Ja, eine Versöhnung war auch ihr größter Weihnachtswunsch, der jedoch seit Jahren nicht in Erfüllung gegangen war. Christian nickte ihr aufmunternd zu und machte eine beruhigende Handbewegung: Später, wird schon noch, sollte das wohl heißen. Und Susi? Sie hatte förmlich an Franziskas Lippen gehangen und hielt es nun nicht mehr aus.

„Und wo bleibt nun die Überraschung, die du mir versprochen hast?"

Franziska machte ein geheimnisvolles Gesicht, bevor sie schließlich fragte:

„Weißt du, wie die Darstellerin der Enkelin in dem Stück heißt?"

Und nach einer Kunstpause:

„Susanne Unruh! Du darfst in unserem Krippenspiel mitmachen, du bist Großmutters Enkelin!"

Susi riss erst einmal erschrocken die Augen auf, bevor sich langsam ein Strahlen über ihr zartes Gesicht mit den großen Augen ausbreitete.

„Ich? Wirklich? Was muss ich denn da alles sagen?

Ob ich das auch kann? Hilfst du mir, Franzi? Und wer ist eigentlich meine Großmutter?"

Susi war vor Eifer aufgesprungen und hatte ganz rote Wangen bekommen. Alle lachten, und Franziska beruhigte sie.

„Klar helfe ich dir. Das hast du bestimmt ganz schnell drauf! Und wenn du deinen Text kannst, gehen wir zusammen in die Kirche zur Probe. Alle in unserer Gruppe haben gesagt, dass diese Rolle nur du spielen kannst!"

Susi war sehr stolz, aber vor lauter Aufregung brachte sie zum Abendbrot keinen Bissen herunter.

5

*D*ie Zeit bis zum zweiten Adventswochenende war für alle in der Familie wie im Flug vergangen. Susi hatte am 1. Dezember endlich ihren Adventskalender bekommen, der wie in den Jahren zuvor am Treppenpfosten in der Diele hing.

Jeden Morgen leerte sie erwartungsvoll eins der Täschchen, die auf einen großen Filz-Tannenbaum genäht waren. Diesmal fand sie darin nicht nur die üblichen Naschereien, sondern jeden zweiten Tag ein kleines Tier aus Holz. Christian hatte heimlich einen ganzen Beutel dieser „*Reifentiere*" gekauft, als sie im Herbst das Freilichtmuseum des Spielzeugdorfes Seiffen oben im Gebirge besucht hatten. Susi war begeistert von der Vorführung gewesen, bei der das Drehen eines Reifens und das anschließende Aufspalten in viele einzelne Tiere gezeigt wurde. Aus Holzreifen mit unterschiedlichen Querschnitten entstanden wie durch Zauberei ganz verschiedene Tiere, die anschließend noch beschnitzt und bemalt werden konnten. Susi freute sich, dass sie nun ihre Reifentiere mit zu den Krippenfiguren im Wohnzimmer stellen konnte: bisher einen Ochsen, ein Schaf und eine Ziege.

In der vergangenen Woche gab es besonders für Anne, neben ihrer Arbeit in der Firma, eine Menge zu tun. Doch jeden Abend nahm sie sich die Zeit, ihre Mails durchzusehen, und wurde immer wieder enttäuscht: Die Nachricht, auf die sie so sehnsüchtig wartete, war wieder nicht dabei. Wenn es doch so einfach wäre wie bei Franziskas Krippenspiel! Da konnte man die Geschichte ein bisschen umschreiben oder ergänzen, und alles wurde, wie durch ein Wunder, doch noch gut.

Aber im wirklichen Leben? Wieder seufzte sie und legte ihren Kopf nachdenklich in beide Hände.

6

*A*lles hatte vor mehr als sechs Jahren begonnen. Damals waren ihr Bruder Matthias und seine Frau Sonja geschieden worden. Matthias erwartete anschließend, dass sie und Christian nun nur für ihn Partei ergriffen und den Kontakt zu seiner früheren Frau abbrachen. Aber sie hatten zu beiden ein gutes Verhältnis gehabt und telefonierten gelegentlich, zum Geburtstag oder zu anderen Festen, mit Sonja oder schrieben ihr eine Karte. Matthias war darüber empört, fühlte sich hintergangen und zog sich immer mehr von seiner Schwester und ihrer Familie zurück.

Schließlich kam es zum offenen Streit, nach dem er überhaupt nichts mehr von sich hören ließ. Auch Annes Mails und Briefe blieben ohne eine Reaktion. Dann, ein Jahr später, als Susanne geboren war und Anne ihm dies voller Freude mitteilte, kam ein kurzer Glückwunsch von ihm. Er schrieb, dass er für einige

Zeit nach Indien gehen und dort als Chirurg in einem Kinderkrankenhaus arbeiten würde. Eigene Kinder hatte er ja nicht.

Wenigstens wusste sie nun, wo er war, und ihr Kontakt brach nicht völlig ab. In der Folgezeit schickte Matthias eine Mail jeweils zu Annes Geburtstag und zu Weihnachten. Jedes Jahr hatte sie ihn seitdem eingeladen, sie zu besuchen und seine kleine Nichte kennenzulernen. Aber er ging darauf überhaupt nicht ein. Vor zwei Jahren schrieb er dann kurz, dass er wieder in Deutschland sei und in Berlin arbeite. Seine Postadresse kannte sie aber nach wie vor nicht.

So hatte sie ihn in diesem Jahr kurzerhand über Weihnachten zu sich aufs Land, unmittelbar vor den Toren der alten Bergstadt Freiberg, eingeladen. Irgendwann musste er doch auch einmal dienstfrei haben! Aber – schon seit mehr als drei Wochen ließ er sie ohne Antwort. Anne hatte ihm geschrieben, wie sehr ihr der Streit von damals leid tue und dass es ihr größter Weihnachtswunsch wäre, wieder miteinander versöhnt zu sein. Wie viele gemeinsame Erlebnisse, schöne und auch traurige, verbanden sie miteinander! Das konnte er doch nicht alles vergessen haben.

Ob sie ihm noch einmal schreiben sollte? Darüber wollte sie in Ruhe nachdenken, vielleicht sich auch mit Christian beraten. Doch jetzt fuhr sie ihren Computer entschlossen herunter, denn es war schon spät. Und für morgen hatten sie Susi einen Ausflug versprochen.

7

Am nächsten Tag starteten sie gleich nach dem frühen Mittagessen. Franziska hatte am vorigen Sonntag vorgeschlagen, dass sie sich doch einmal auf dem *Striezelmarkt* in Dresden treffen könnten, ihrem Studienort. Sie war allerdings sofort in Erklärungsnot geraten, weil ihre kleine Schwester natürlich ganz genau wissen wollte, was denn ein *Striezel* sei.

„Na ja, das ist sowas ähnliches wie ein Stollen, denke ich. Oder, Paps?", wandte sie sich hilfesuchend an ihren Vater, den Küchenspezialisten.

Christian wusste tatsächlich Bescheid.

„Eigentlich versteht man bei uns unter einem *Striezel* ganz allgemein ein längliches Gebäckstück aus Hefeteig. Den ursprünglichen *Striezel*, eine Art Vorläufer unseres Christstollens, gab es schon vor weit über fünfhundert Jahren. Damals verkauften ihn die Bäcker auf den ersten *Striezelmärkten* in unserer heutigen Landeshauptstadt Dresden. Beim Namen *Striezelmarkt* ist es über die Jahrhunderte geblieben, auch wenn wir heute *Stollen* sagen und er inzwischen viel gehaltvoller und leckerer ist als damals. Der frühere würde uns bestimmt nicht schmecken!"

Und nun waren sie mit dem Auto unterwegs. Susi konnte es kaum erwarten, endlich am Ziel zu sein. Ungeduldig fragte sie immer wieder, wie lange sie denn noch fahren müssten und ob sie auch pünktlich sein würden. Denn Franziska erwartete sie um 14 Uhr am Riesenrad. Da wäre es noch nicht so voll und man brauche nicht ewig anzustehen, hatte sie gesagt. Susi war bei dem Vorschlag ganz aus dem Häuschen gewesen, denn sie wollte unbedingt auch einmal mit diesem Riesenrad fahren, von dem aus man den ganzen, weiten Platz überblicken konnte. So hatte es jedenfalls ihre Freundin aus dem Kindergarten erzählt.

Mutig kletterte die Kleine als erste in die Gondel. Als es aber immer höher hinauf ging, fasste sie doch nach Franziskas Hand. Anne war unten geblieben, sie hatte am liebsten festen Boden unter den Füßen. Die beiden Mädchen winkten ihr von oben übermütig zu. Als es wieder ganz langsam nach unten ging, machte Franziska ihre Schwester auf all die Märchenfiguren aufmerksam, die auf den Dächern der Verkaufsbuden ringsum kleine Szenen darstellten. Susi war begeistert:

„Sieh mal, die Zwerge bewegen sich beim Sägen! Und der Koch rührt wirklich im Topf! Ganz echt!"

Christian nahm die Entdeckerfreude seiner Jüngsten nur nebenbei wahr. Er hatte alle Hände voll zu tun, um die reizvollen Fotomotive, die es von hier oben aus zu entdecken gab, im Bild einzufangen. Nur schade, dass es noch nicht dunkel genug war und man die bunten Lichter auf den Fotos nicht richtig zur Geltung bringen konnte.

Anne lief währenddessen ein paar Schritte hin und her und hatte in einem der bis zum Dach hinauf wunderschön geschmückten Häuschen gleich gegenüber etwas entdeckt. Es waren ganz kleine Herrnhuter Sterne, die man, genauso wie die großen, mit Glühlämpchen beleuchten konnte. Anne hatte kürzlich gelesen, dass die Herrnhuter Sterne als Ursprung aller Weihnachtssterne gelten und eine lange Tradition haben, die bis zum Anfang des 19. Jahrhunderts zurückreicht. Damals bastelten Missionarskinder, die im Internat der Herrnhuter Brüdergemeine lebten, mit ihrem Lehrer kleine Papiersterne in Weiß und Rot. Diese Sterne sollten die biblische Geschichte von Jesus Christus symbolisieren. Seit Ende des 19. Jahrhunderts werden sie in den verschiedensten Farben und Formen in der Herrnhuter Manufaktur hergestellt und gehen in alle Welt. Doch Anne hatten es besonders diese kleinen Sterne angetan, keine anderen. Allerdings waren die nicht gerade preisgünstig. Und drei von ihnen würde man schon brauchen, damit sie nicht verloren wirkten. Ob das etwas für ihren Wintergarten zu Hause wäre?

Schnell lief sie die wenigen Meter zum Riesenrad zurück, denn ihre Lieben würden gleich aussteigen. Da stürmte Susi auch schon auf sie zu und erzählte, übersprudelnd vor Aufregung, was sie alles von oben gesehen hatte. Davon wollte sie natürlich, wie von allen tollen Erlebnissen, zu Hause gleich ein Bild malen! Langsam gingen sie weiter, und Anne fasste Susi fest an der Hand. An dem Sternenhäuschen gegenüber, das Anne vorhin entdeckt hatte, machten sie kurz Halt. Sie streckte die Hand nach den kleinen, gelb leuchtenden Sternen aus, um sie Christian zu zeigen. Auch ihm gefielen sie gut. Sollten sie sich selbst vielleicht drei davon zu Weihnachten schenken? Und welche Farbe würde besser passen: weiß, gelb oder orange? Oder sollten sie von jeder Farbe einen nehmen?

Das Gedränge nahm zu, und Anne wollte wieder nach Susis Hand fassen, aber sie griff ins Leere.

„Susi?!", rief sie voller Angst.

Nein, Susi war nicht mehr da! Anne war ganz blass geworden und zitterte, aber auch Franziska und Christian waren erschrocken. Das konnte doch nicht sein, dass die Kleine so schnell verschwunden war! Sie hatten ja nur einen Moment lang die Sterne betrachtet. Hektisch sahen sie sich nach allen Seiten um. Nichts. Was sollten sie jetzt bloß tun? Man musste doch irgendetwas tun können, und zwar schnell!

8

Nach einigen Schrecksekunden fasste sich Christian als erster.

„Franziska, du bleibst hier. Am besten, du stellst dich auf die höchste Stufe der Treppe vor dem Riesenrad. Da hast du den besten Überblick und passt genau auf, ob du Susi entdeckst. Vielleicht kommt sie ja dorthin zurück, weil das Riesenrad von überall zu sehen ist", wies Christian mit belegter, aber energischer Stimme an.

„Hast du dein Handy mit, Franziska? Und du, Anne? Gut, ich auch. Wer sie gefunden hat, ruft die anderen sofort an. Wir beide trennen uns jetzt auch, Anne. Ja, es muss sein. Ich gehe ganz langsam nach rechts und suche, du nach links. Spätestens in fünfzehn Minuten treffen wir uns wieder hier. Also los!"

Anne lief mit zitternden Knien vorwärts. Längst hatte sich ihr Kopfkino eingeschaltet, und sie sah die schrecklichsten Horrorbilder von Kindesentführungen vor sich. Aber sie wusste, dass sie sich jetzt zusammenreißen musste: Es ging um ihr Kind! Anne reckte den Kopf, so hoch sie nur konnte, und fragte immer wieder Leute, ob ihnen ein kleines, knapp sechsjähriges Mädchen im pinkfarbenen Anorak und mit weißer Bommelmütze aufgefallen wäre. Aber alle schüttelten nur bedauernd den Kopf.

Auch Christian hastete durch die Menschenmenge und durchkämmte dabei systematisch jeden Quadratmeter in der näheren Umgebung, der seiner Meinung nach für ein kleines Mädchen interessant sein konnte. Doch auch er hatte keinen Erfolg, genauso wenig wie Franziska. Sie hatte inzwischen jeden nach Susi gefragt, der zum Riesenrad kam. Noch nie waren ihr fünfzehn Minuten so unerträglich lang erschienen. Dann war die vereinbarte Zeit um. Alle drei trafen sich am Riesenrad wieder, und keiner traute sich, dem anderen in die Augen zu sehen. Dabei hatte jeder doch heimlich gehofft, dass einer der beiden anderen Susi gefunden hatte. Anne war inzwischen noch blasser geworden und schluchzte.

„Ich hätte Susi niemals hier loslassen dürfen! Wenn ihr nun was zugestoßen ist … Und ich bin schuld! Nur wegen so ein paar unwichtiger Sterne!"

Jetzt konnte sie sich einfach nicht mehr beherrschen und weinte hemmungslos. Auch Franziska hatte Tränen in den Augen, und Christian schluckte. Was konnte er jetzt noch tun? Zu einem der Polizeiwagen gehen, die rund um den Platz parkten? Ja, das wäre wohl das Beste. Er würde jetzt losgehen und Susi als „vermisst" melden müssen. Mein Gott, wie das klang! Christian hatte ein Gefühl, als ob eine eiskalte Hand nach seinem Herzen griff.

Als er Anne und Franziska gerade mitteilen wollte, was er vorhatte, tönte plötzlich eine eindringliche, etwas blechern klingende Lautsprecherstimme über den weiten Platz:

„Achtung, Achtung. Die Eltern der kleinen Susanne Unruh werden gebeten, ihr Kind in der Weihnachtsbäckerei gegenüber der Kinder-Eisenbahn abzuholen. Achtung, Achtung…"

Die Durchsage wurde noch zweimal wiederholt. Franziska und ihre Eltern trauten ihren Ohren nicht. Hatten sie die Nachricht wirklich gehört oder nur herbeigesehnt und sich eingebildet? Nein, alle drei hatten die erlösenden Worte ganz deutlich vernommen. Mit einem zaghaften Lächeln sahen sie einander an und atmeten erleichtert auf.

„Kommt! Susi wartet bestimmt schon auf uns. Ich kenne den kürzesten Weg zur Weihnachtsbäckerei!"

Franziska lief eilig voran. Anne konnte wegen der Tränen, die ihr noch immer übers Gesicht liefen, kaum etwas sehen und stolperte den beiden unsicher hinterher. Aber jetzt waren es Tränen der Erleichterung.

9

Beim Betreten des Backhäuschens schlug ihnen eine Welle warmer Luft entgegen, und es duftete verlockend nach frisch gebackenen Plätzchen. Anne hatte Susi als erste entdeckt. Sie saß verloren an einem langen Tisch neben Kindern, die beim Plätzchenausstechen waren. Jemand hatte ihr einen Topf Tee und ein paar Kekse hingestellt, die sie nun ganz verzagt zerkrümelte. Doch als sie ihre Eltern und Franziska sah, begann ihr kleines Gesicht zu leuchten und die dunklen Augen strahlten wieder. Sofort sprang sie auf und lief zur Tür. Einer nach dem anderen umarmte sie. Aber dann konnte sich Anne nicht länger beherrschen. Sie fasste Susi erregt an den Schultern, schüttelte sie leicht und rief vorwurfsvoll:

„Wie konntest du nur weglaufen?! Du weißt doch, wie gefährlich das ist. Wir haben uns solche Sorgen um dich gemacht!!"

Susis Gesicht war wieder ganz klein und ängstlich geworden. Schuldbewusst stammelte sie leise:

„Der kleine Hund…, wie Moritz…, ich wollte doch bloß…"

Inzwischen waren einige Leute aufmerksam geworden und sahen neugierig zu ihnen herüber. Christian deutete mit dem Kopf zur Tür: Erst mal raus hier! Vorher hatte er sich noch beim Chef der Weihnachtsbäckerei bedankt und ihm eine kleine Spende für die Arbeit mit den Kindern zugesteckt.

Die frische Luft tat allen gut und kühlte die erhitzten Gemüter ab. Anne hatte sich wieder gefangen und verkündete, die kleine Susi ganz fest an der Hand haltend, dass sie jetzt sofort nach Hause fahren wolle. Nach all der Aufregung!

„Mam, ich versteh dich ja", sagte Franziska mitfühlend und umarmte ihre Mutter, was sonst gar nicht ihre Art war.

„Aber ich glaube, ich habe eine bessere Idee. Ganz in der Nähe kenne ich ein kleines, nettes Café, da ist es nicht so laut und trublig wie hier. Dort könnten wir alle was Warmes trinken und in Ruhe reden. Susi will uns doch bestimmt erzählen, wie das alles passiert ist. Und dann sehen wir weiter. Einverstanden?"

Christian nickte zustimmend. So ließ sich Anne schließlich überzeugen, und alle folgten Franziska, die sie wirklich im Nu zu diesem Café führte. Unten war es zwar voll, aber Franziska zeigte auf die eiserne Wendeltreppe, die ins Obergeschoss führte. Hier war es tatsächlich beinahe still, gemütlich und kuschlig warm. Sie fanden einen Ecktisch mit Sesseln und Sofa, an dem sie ungestört sein und zur Ruhe kommen konnten. Bei heißem Kakao für die Mädchen und Cappuccino für ihre Eltern fiel die Anspannung langsam von ihnen ab, und Susi berichtete stockend, wie sich alles zugetragen hatte.

„Naja, als ihr euch diese Sterne angeguckt habt, da habe ich plötzlich gleich neben der Bude einen Jungen mit einem süßen kleinen Hund gesehen. Der sah genauso wie unser Moritz aus. Wirklich! Na, also, fast genauso. Der Schwanz war bloß ein bisschen kürzer, aber auch mit einer weißen Spitze. Und das ganze Fell schwarz, wie bei Moritz! Sooo ein niedlicher kleiner Hund, das könnt ihr euch gar nicht vorstellen!"

Susi hatte ihren Bericht durch immer lebhafter werdende Bewegungen ihrer Arme und schließlich des ganzen Körpers unterstrichen.

„Und wie ging es dann weiter?", fragte Anne und bemühte sich, nicht zu ungeduldig zu klingen.

Susis Augen blickten sehnsüchtig in die Ferne, als sie fortfuhr:

„Ich wollte den Hund bloß ein einziges Mal streicheln, weil ich doch wissen wollte, ob sein Fell auch so weich wie das von unserm Moritz ist. Aber der Junge ist mit ihm weitergegangen. Ich bin ihm schnell hinterher gelaufen, aber dann war er auf einmal weg.

Und ihr wart plötzlich auch weg! Da bin ich ganz sehr erschrocken!"

Susis weit aufgerissene Augen richteten sich angsterfüllt zuerst auf Anne, dann auf Christian und schließlich auf Franziska.

„Ich konnte euch nicht finden, rundum habe ich nur Beine und Bäuche gesehen. Und da ..., und da ..."

Susi durchlebte wohl die schlimme Situation noch einmal und begann wieder zu weinen. Anne hätte beinahe mitgeweint, aber dann fasste sie sich und wischte Susi die Tränen ab.

„Jetzt ist doch alles wieder gut, mein kleiner Schatz", flüsterte sie ihr ins Ohr.

Schließlich konnte Susi weitererzählen:

„Als ich dort ganz allein stand und weinte, hat mich eine liebe Omi gefragt, wo denn meine Eltern sind. Da musste ich immer mehr weinen. Die Omi hat mich an die Hand genommen und gemeint, dass ihr bestimmt bald gefunden werdet, und mich zu dem Backhäuschen gebracht.

Der Mann da drin war ganz freundlich und hat gesagt: ‚Keine Angst, kleines Fräulein, das haben wir gleich. Es gibt hier eine Eltern-such-Maschine. Und die hat bisher immer funktioniert!' Inzwischen hat mir eine Frau Kekse und Tee gebracht und mich gestreichelt. Ich hatte aber gar keinen Hunger. Ich hab mir nur gewünscht, dass ihr bald kommt! Und dann, dann ging die Tür auf ..."

Susi seufzte erleichtert und schmiegte sich glücklich an ihre Mama. Doch plötzlich fragte sie ganz ernst und schuldbewusst:

„Und jetzt? Schimpft ihr mit mir? Aber der niedliche kleine Hund… Ich mach's ganz bestimmt nicht wieder, das müsst ihr mir glauben!"

Susis Stimme war immer leiser geworden, und ihre Augen gingen bittend von einem zum anderen. Natürlich wollten ihr alle glauben. Aber Christian erklärte sicherheitshalber doch noch einmal, warum es für ein kleines Kind gefährlich ist, in so einem Menschengetümmel wegzulaufen. Bei einer ähnlichen Gelegenheit wollten sie in Zukunft gleich zu Beginn einen Treffpunkt vereinbaren, den jeder von ihnen finden konnte: falls er die anderen doch einmal verloren haben sollte.

Alle hatten inzwischen ausgetrunken, und Anne wiederholte ihren Wunsch, nun aber wirklich nach Hause zu fahren. Doch Franziska war anderer Meinung. Während Christian seiner kleinen Tochter beim Anziehen half, versuchte die Große leise und diplomatisch, ihre Mutter zu überzeugen:

„Mam, wenn wir jetzt nach Hause fahren, ohne ein schönes Erlebnis zum Abschluss, könnte so etwas bei Kindern wie Susi zu einem Trauma führen. Ich würde euch gern vorher meinen Lieblings-Weihnachtsmarkt zeigen. Der ist ganz anders und wird euch bestimmt gefallen; versprochen!"

Anne rang mit sich, ließ sich dann aber doch noch einmal von dem klugen Vorschlag ihrer Großen überzeugen. Auch Christian hatte Franziskas Worte gehört und verwundert die Augenbrauen gehoben. Sollte sie in den wenigen Wochen ihres Studiums schon so viel gelernt haben? Aber für Psychologie hatte sie sich ja schon länger interessiert, und in ihre kleine Schwester konnte sie sich wirklich gut hineinversetzen.

10

Draußen war es inzwischen dunkel geworden, und der Lichterschmuck überall verbreitete eine sehr festliche Stimmung. Franziska führte ihre Familie zielstrebig über eine belebte Straße. Dann waren es nur noch wenige Meter, bis die erst kürzlich fertig gewordenen Häuser den Blick auf ein wahres Weihnachtsmärchen freigaben. Die Baulücken waren mittlerweile annähernd geschlossen, sodass der Platz fast wieder in alter Schönheit erstrahlte. Die Häuser waren dem Stil derer angepasst, die früher hier gestanden hatten und kurz vor dem Ende des letzten Krieges in Schutt und Asche gesunken waren. Zusammen mit der originalgetreu wiedererstandenen barocken Frauenkirche bildeten sie ein imposantes, wunderschönes Ensemble. Und wie der ganze Platz funkelte und leuchtete! Mehrere hohe Weihnachtsbäume waren mit vielen dieser kleinen Sterne geschmückt, die Anne heute so gefallen hatten. Das romantischste Bild ergab sich jedoch, wenn man sich so hinstellte, dass einer der Sternenbäume genau vor der ebenfalls beleuchteten Kirche zu stehen schien. Vor dem dunklen Himmel wie ein unwirklicher Traum ...

Annes Gedanken wanderten zurück in ihre Kindheit. Damals hatte sie bei jedem Besuch in der von ihrer ganzen Familie geliebten Stadt nur wenige Reste dieser Kirche sehen können. Die gespenstisch in den Himmel ragenden Mauern empfand sie bedrückend, beunruhigend, aber sie waren wie selbstverständlich ein Teil der Stadt. Vater hatte ihr Bilder des bekannten Dresdner Fotografen Richard Peter gezeigt, auf denen die gesamte, ehemals so schöne Stadt nur noch als riesige Ruine zu erkennen war.

Als später die Diskussion in Gang kam, ob man die Frauenkirche wieder aufbauen sollte, war Anne lange Zeit der Meinung gewesen, dass solch eine Ruine mitten in der Stadt als Mahnmal stehen bleiben müsse. Aber dann überwältigte sie doch der Anblick der fertiggestellten Kirche mit der weithin sichtbaren Kuppel, die nun wieder zur Silhouette der Stadt gehörte. Besonders beeindruckend fand sie die fast schwarz wirkenden Steine, die man in den ansonsten hellen Sandstein akribisch eingefügt hatte: genau jene Steine, die einst als Ruine übrig geblieben waren.

„Mami, ist das schön!", rief Susi und blieb wie verzaubert stehen.

„Jetzt fehlen bloß noch ein paar klitzekleine Krümel Schnee auf den Tannenbäumen."

Anne kehrte wieder in die Gegenwart zurück und stimmte ihr lächelnd zu. Diesmal hielt sie die Kleine aber ganz fest an der Hand. Solch eine Unachtsamkeit durfte ihr einfach nicht noch einmal passieren!

Auf ihrem Rundgang bewunderten sie viele von Hand gefertigte schöne Dinge, denn dieser Weihnachtsmarkt war ein Spiegelbild jener Märkte, die es hier, an dieser Stelle, schon vor etwa hundert Jahren gegeben hatte. Was da nicht alles zum Kauf lockte! Buntes oder naturbelassenes Holzspielzeug, wollene Püppchen, von Hand gezogene Kerzen, Mützen und Schals aus Filz, handgestrickte Schafwollsocken und noch so viel mehr. Alles wirkte, zumindest annähernd, so wie um das Jahr 1900 herum. Susi hatten es die lustigen Hampelmänner angetan, die in allen Größen und Formen, als Tiere oder Menschen, an einer Marktbude aufgehängt waren. Und man durfte sogar daran ziehen! Die Kleine war kaum von dort wieder weg zu bekommen.

„Los, ich zeige euch mal die Weihnachtskrippe da drüben!", lenkte Franziska ihre kleine Schwester ab.

Zwischen den Kulissen und den leblosen Krippenfiguren gab es doch tatsächlich echte Schafe! Eins hatte sich in seinen „Stall" verzogen, wahrscheinlich war ihm hier einfach zu viel los. Ein anderes aber ließ sich überhaupt nicht aus der Ruhe bringen: Es fraß genüsslich von dem Heu und drehte den Besuchern sein Hinterteil zu. Und dann – ja, dann ließ es sogar etwas fallen! Susi kicherte und konnte sich kaum beruhigen. Es schien, als hätte sie all die Aufregungen von vorhin vergessen.

Schon wieder gab es etwas Neues zu sehen: Drei Männer, als Kurrende-Sänger gekleidet, stellten sich neben der Krippe auf und begannen, Weihnachtslieder zu singen. Anne war froh, dass es hier nur „echte" Musik gab und nicht aus jeder Hütte eine andere Melodie von der „Konserve" dudelte.

„Die Sänger mit den komischen Umhängen sehen aus wie auf unserem Schwibsbogen, stimmt's, Mami?", rief Susi.

Einer der Männer hatte das gehört und drückte ihr lachend eine kleine Glocke in die Hand.

„Damit kannst du uns beim nächsten Lied tüchtig unterstützen. Und alle anderen suchen jetzt ihren Schlüsselbund hervor und läuten kräftig mit!", wies er die Umstehenden an.

Viele suchten amüsiert in Rucksäcken und Hosentaschen nach geeigneten „Instrumenten" und klapperten, was das Zeug hielt. Naja, die Begleitmusik zum Gesang von *„Kling Glöckchen"* fiel nicht gerade zart aus, aber es machte allen sichtlichen Spaß. Susi hätte das Glöckchen am liebsten mitgenommen.

Doch dann ließ sie sich durch einen verführerischen Duft nach Bratwürsten vom Holzkohle-Grill ganz in der Nähe weglocken. Christian kaufte für jeden eine und machte ein geheimnisvolles Gesicht.

„Mir nach!", rief er, und alle folgten ihm neugierig.

Am Rand des Weihnachtsmarktes hatte er eine von großen Steinen eingefasste echte Feuerstelle entdeckt. Und rund um das Feuer konnte man sich auf fellbedeckte Holzstämme setzen und aufwärmen! Alle waren begeistert, zumal sie gerade noch ein Plätzchen erwischt hatten. Anne blickte ins Feuer und spürte, wie endlich die Spannung von ihr abfiel. Susi saß sicher zwischen ihr und Franziska. Und ein kleiner, verlockend niedlich aussehender Hund war zum Glück nirgends in Sicht. Christian wollte noch einige Fotos machen und meldete sich für zehn Minuten ab.

„Esst ihr nur ganz in Ruhe, aber versengt euch nicht die Schuhsohlen!", scherzte er.

„Wenn ich zurück bin, machen wir uns auf den Heimweg."

Dann blinzelte er Franziska unauffällig zu. Sie beobachtete, wie er exakt in jene Richtung verschwand, in der sie vorhin einen Stand mit kleinen Leuchtsternen entdeckt hatte. Es waren genau solche, die Anne heute auf dem Striezelmarkt sehnsüchtig bestaunt hatte.

Franziska bewunderte ihren Vater. Ob sie wohl auch einmal so einen Mann finden würde?

11

Am nächsten Tag war wieder Ruhe in der Familie eingezogen. Franziska wollte zu ihrer Jugendgruppe, um mit einigen Freunden das Krippenspiel einzustudieren.

„Aber da muss ich doch mit, ich kann meinen Text schon!", rief Susi mit schriller Stimme, und Moritz sprang erschrocken von Franziskas Arm.

„Nein, nein", beruhigte sie ihre kleine Schwester.

„Es reicht, wenn wir zwei erst einmal allein deine Rolle üben. Da springe ich für Frau Altmann ein, die später deine Großmutter spielen wird. Aber überleg dir schon immer, was du für das Spiel anziehen willst, worauf du sitzen könntest und was du sonst noch brauchst. Wir üben nämlich schon mit Requisiten, wie man das im richtigen Theater nennt!"

Nun war die Kleine völlig aus dem Häuschen und rannte von Zimmer zu Zimmer.

„Was könnte ich denn bloß als *Resikisten* nehmen?", fragte sie ratlos.

„Die Sachen heißen *Re-qui-si-ten*", erklärte Christian ganz langsam.

„Aber sag doch einfach ‚Zubehör', das ist nicht so schwierig."

Anne beruhigte Susi und versprach, mit ihr gemeinsam etwas auszusuchen, wenn sie mit ihrer Arbeit fertig wäre.

Endlich war es so weit, und Anne und Susi überlegten gemeinsam, was als „Zubehör" geeignet wäre. Die beiden stellten sich vor, wie und worauf Großmutter und Enkelin wohl sitzen würden, um in Ruhe eine Geschichte zu erzählen oder anzuhören.

„Die Großmutter muss bequem im Sessel sitzen, die ist ja schon alt und hat bestimmt kranke Füße, so wie meine Oma", überlegte Susi.

„Ja, das ist gut. Und du müsstest ihr gegenüber sitzen, um sie beim Zuhören ansehen zu können. Was meinst du?", fragte Anne.

Susi dachte angestrengt nach und zog die Stirn in Falten, während ihr Daumen wie von allein ganz kurz im Mund landete.

„Ich hab's! Geht nicht deine Fußbank? Da hab ich doch schon drauf gesessen und Oma zugehört!"

„Ja, super Idee! Ich leihe dir mein Bänkchen für das Krippenspiel. Jetzt brauchen wir nur noch die passende Kleidung für dich."

„Na, da ziehe ich meine Jeans und den neuen rosa Glitzer-Pullover an!", entschied Susi sofort.

Aber Anne verzog das Gesicht und wiegte den Kopf zweifelnd hin und her.

„Ob das wirklich das Richtige ist? Wir müssen ja daran denken, dass die schwedische Schriftstellerin Selma Lagerlöf die Geschichte schon vor über hundert Jahren geschrieben hat. Das war, noch bevor deine Oma geboren wurde. Und hat dir Oma jemals davon erzählt, dass sie in ihrer Kindheit Jeans und Glitzerpullover kannte?"

Susi wurde nachdenklich. Nein, daran konnte sie sich wirklich nicht erinnern. Das war wohl doch keine so gute Idee. Aber was dann? Was trugen denn die Kinder damals? Anne wusste Rat:

„Ich könnte mir vorstellen, dass die Kinder im kalten, winterlichen Schweden damals schöne wärmende, handgestrickte Pullover und Socken trugen. Wie wäre es denn mit deinem dicken, rot-weißen Pullover mit dem Sternenmuster, den dir Oma gestrickt hat? Und den lustig geringelten Kuschelsocken? In der Kirche wird es sowieso nicht so warm wie zu Hause sein. Und dazu würde noch deine dunkle Cordhose passen. Da kannst du die Hosenbeine in die bunten Socken stecken."

„Au ja! So kunterbunt wie bei Pippi Langstrumpf! Und dann nehme ich noch den Bimbo mit. Der kann auf meinem Schoß sitzen und auch zuhören."

„Ein Affe? Hmmm … Meinst du nicht, dass dein Schäfchen Bruno da besser passen würde? In der Geschichte kommen ja auch Schafe vor, und das würde deinem Bruno bestimmt gefallen."

Ach, Mama wusste einfach immer Rat. Susi kletterte auf ihren Schoß, schlang die Arme um ihren Hals und kuschelte sich ganz eng an sie. Anne hielt die Kleine ganz fest und genoss diesen Moment genauso.

12

*B*evor Franziska zum Zug musste, gab es für alle
eine harmonische Teestunde mit Rosinenstollen
und Musik. Mittlerweile brannten bereits zwei Kerzen
am Adventskranz, und die schon etwas in die Jahre
gekommene Pyramide drehte sich wieder.

Auch der große Joch-Engel trug heute Lichter.
Christian hatte ihn als Geschenk für Anne im vorigen
Jahr von einem hiesigen Künstler anfertigen lassen.
Dieser hölzerne Engel trug sein *Joch*, also eine Tra-
gehilfe, mit fünf Kerzen auf dem Kopf. Nach alter
Tradition wurden seine Arme jedoch nicht aus Holz,
sondern aus *Masse* geformt. Dafür verwendete man
eine Mischung aus Gips, Mehl und Leim, oft auch zu-
sätzlich Holzmehl.

Zunächst hatte die ganze Familie ein paar Advents-
lieder gesungen, die Franziska auf ihrer Gitarre begleitete. Danach erklang leise instrumentale Weihnachts-

musik von einer CD, während jeder seinen Gedanken nachhing. Und wieder seufzte Anne traurig.

„Mam, nun sag aber endlich, was mit dir los ist. Du hast doch irgendwas!", platzte Franziska heraus.

Anne war sich nicht sicher, ob sie hier, in Gegenwart der kleinen Tochter, von ihren Sorgen berichten sollte. Aber auch Christian nickte ihr ermunternd zu.

Da erzählte sie die ganze Geschichte von ihrem Bruder Matthias und von sich selbst, von ihrer Traurigkeit über das Zerwürfnis und ihrem jahrelangen Wunsch nach Versöhnung. Auch von ihrer an Matthias gesandten Einladung und vom vergeblichen Warten auf eine Antwort berichtete sie.

„Was soll ich denn bloß noch tun?", fragte Anne verzweifelt.

Eine Weile war es ganz still im Raum. Alle überlegten betroffen, wie sie ihr helfen konnten. Sogar Kater Moritz rührte sich nicht. Dann brach Christian zuerst das Schweigen.

„Schreib ihm doch, dass wir ihn alle herzlich einladen, jeder einzelne von uns. Und dass wir uns sehr freuen würden, wenn er käme, die ganze Familie!"

„Ja, besonders ich. Denn ich will endlich Onkel Matthias mal sehen und mit ihm spielen!", ergänzte Susi.

„Und ich schlage vor, du schreibst ihm, dass er gern noch jemanden mitbringen kann. Vielleicht lebt er ja inzwischen nicht mehr allein?", meinte Franziska.

Ja, daran hatte Anne noch gar nicht gedacht. Und in diesem Moment war sie so überaus dankbar für ihre Familie. Aber den wichtigsten Vorschlag machte schließlich Susi.

„Mami, schreib deinem Bruder einfach, dass du ihn noch lieb hast!"

Alle schwiegen verblüfft, weil die Jüngste in der Runde den Nagel auf den Kopf getroffen hatte. Und dabei hatte Anne erst befürchtet, dass Susi noch zu klein wäre, um ihren Kummer zu verstehen.

Anne hatte gleich am folgenden Tag nach der Arbeit eine nochmalige, lange Mail an ihren Bruder geschickt, in der sie, wie besprochen, alle Vorschläge ihrer Familie aufgriff. Ob sie diesmal eine Antwort erhalten würde? Vielleicht sogar eine Zusage? Wie sehr sie darauf hoffte!

Am Dienstagabend fand bei Familie Unruh eine Probe für das Krippenspiel statt. Anne hatte sich von Franziska den Text der Großmutter geben lassen, damit sie ihn beim Üben vorlesen konnte und Susi so die Stichworte für ihren eigenen Text bekam. Christian war der kritische Zuschauer und gab immer wieder Hinweise:

„Lauter, viel lauter!", und: „Langsam und deutlich sprechen!"

Susi maulte: „Och, du redest ja wie Frau Klugmeyer, wenn wir Gedichte ansagen!"

Doch Christian war unerbittlich und erklärte:

„Susi, jetzt stell dir mal die vielen Leute in der Kirche vor. Nein, nicht die von einem normalen Sonntag. Zu Weihnachten kommen viel mehr Menschen als sonst, da ist es rappelvoll! Und alle, auch die ganz hinten und oben auf der Empore, wollen doch verstehen, was du zu sagen hast!"

Ja, das leuchtete Susi ein. Sie gab sich nun noch mehr Mühe, bis Christian schließlich ein zufriedenes Gesicht machte:

„Na, prima, du kannst das doch!"

14

*F*ür ihren in dieser Woche freien Mittwochnach-
mittag hatten Christian und Anne versprochen,
mit Susi auf den Christmarkt hier in ihrer kleinen
Stadt Freiberg zu gehen. Er war zwar nicht so riesig
wie die Märkte in Dresden, aber dafür sehr gemütlich.
Trotzdem hielt Anne ihre kleine Tochter ganz fest an
der Hand.

Viele niedrige Holzhäuschen mit Bergbau-Motiven
auf den Dächern und an den Frontseiten reihten sich
rund um den prächtigen, lichtergeschmückten Tan-
nenbaum und um die mehr als fünf Meter hohe Pyramide mit den bunten, erzgebirgischen Figuren. Auf
der untersten Etage drehte sich die Heilige Familie,
auf den nächsten beiden liefen Bergleute in Festtags-
uniform und bei der Arbeit im Kreis. Den Platz ganz
oben nahmen Engel und Bergmann, Nussknacker,
Räuchermann und eine kleine Baumgruppe mit Tie-

ren und Futterkrippe ein. Susi kontrollierte genau, ob auch keine der Figuren fehlte. Als im letzten Jahr über Nacht eine gestohlen worden war, hätte sie am liebsten selbst nach dem Dieb gesucht, so empört war sie! Doch jetzt ging alles in Ordnung.

Überall in den Marktbuden wurden verlockende Dinge angeboten: erzgebirgischer Lichterschmuck, traditionelle und moderne Holzfiguren, Spielzeug, Kerzen, Sterne, Pfefferkuchen, Nüsse, verschiedene Arten von Rosinen-, Mandel- und Marzipanstollen, Äpfel in Schokolade und noch so vieles mehr. Und wie es duftete! Hier nach Glühwein, da nach gebrannten Mandeln und dort nach knusprigen Bratwürsten.

Christian zog es zu einem der Bratwurststände, Anne hatte kalte Füße und entschied sich für Glühwein. Und Susi? Nein, sie wollte diesmal nichts zu essen oder zu trinken, sondern in die „Kleine Bergwerkstatt" in der Rathaus-Garage. Dort konnten Kinder tolle Sachen aus Holz oder Papier basteln, und es war angenehm warm.

Anne stimmte zu, denn so konnte sie sich inzwischen am Bücherstand im gleichen Raum umsehen und nebenbei etwas aufwärmen. Außerdem hatte sie hier Susi gut im Blick. Christian machte ein geheimnisvolles Gesicht, aß schnell seine Bratwurst auf und verschwand in einem der schönen Renaissance-Häuser, die rund um den Obermarkt standen. „Parfümerie" hatte sie über dem Eingang gelesen.

Anne freute sich: Also hatte er doch zugehört, als sie neulich von einer neuen Kosmetik-Serie schwärmte, und nur zum Schein wie abwesend in seine Zeitung gestarrt!

Nach einer ganzen Weile kam die strahlende Susi mit einer braunen Papiertüte unter dem Arm aus der Bastelecke, die in der Adventszeit täglich von Freiberger Kirchgemeinden betreut wird. Auch Susi hatte nun ein Geheimnis, und Anne bekam den Inhalt der Tüte nicht zu sehen.

„Bringt erst der Weihnachtsmann!", verkündete die Kleine stolz.

15

*A*uch die restlichen Tage der Woche vergingen in Ruhe und Harmonie. Nein, einen kleinen Zwischenfall gab es dann doch. Kater Moritz hatte es auf unergründliche Weise gelernt, selbst die Zimmertüren zu öffnen, und das blieb leider nicht ohne Folgen. Wahrscheinlich hatte er seine Menschen genau beobachtet, wie sie mit ihren „Pfoten" auf die Klinke drückten, die Tür davon aufsprang und man dann den geheimnisvollen Raum dahinter betreten konnte. Für Katzen sind geschlossene Türen schließlich ein Graus! Also sprang er so lange auf die Klinke, bis er den Bogen heraus und mit seinen Versuchen Erfolg hatte. Und als seine „Chefin" das endlich mitbekam, war schon ein kleines Unglück passiert.

Ausgerechnet an diesem Nachmittag hatte Anne sich in hausfraulichem Eifer dazu aufgerafft, nach der Arbeit noch ein paar Plätzchen zu backen und den

Teig dafür schon auf dem Küchentisch ausgerollt. Wenn Christian mit Susi nach Hause käme, sollte es gleich mit dem Ausstechen losgehen. Eigentlich wollte sie sich vorher noch eine schöne Tasse Tee kochen und sich dann, wenigstens zehn Minuten lang, ganz allein mit der Zeitung hinsetzen. Aber dann fiel ihr ein, dass sie inzwischen ja noch schnell die Wäsche im Keller aufhängen könnte. Bloß keine Zeit verlieren!

Als Anne die Treppe wieder heraufkam und die offene Küchentür sah, die sie mit Sicherheit geschlossen hatte, ahnte sie schon nichts Gutes. Und dann sah sie die Bescherung: Moritz, der gerade erschrocken und irgendwie schuldbewusst vom Tisch sprang, hatte ihr bereits die Arbeit abgenommen und selbst „Plätzchen ausgestochen", mit allen seinen vier Pfoten.

„Raus!", schrie sie wütend, „Raus mit dir!", und scheuchte Moritz hinaus in den Garten. Hätte sie sich doch lieber eine Tee-Pause gegönnt!

Ihre Wut auf den Kater wich leisem Ärger über sich selbst. Moritz' Sprung-Versuche hatte sie zwar schon eine ganze Zeit lang amüsiert beobachtet, es aber nie für möglich gehalten, dass er tatsächlich eine Tür aufbekommen würde. Und nun? Der schöne Plätzchenteig war auch hinüber, die ganze Arbeit umsonst!

In diesem Moment kamen Christian und Susi herein und staunten nicht schlecht über die Neuigkeiten. Christian schüttelte amüsiert den Kopf, und Susi war traurig, dass es nun keine Plätzchen geben sollte.

„Na, nun mal langsam", meinte Christian beschwichtigend, „so viel ist doch gar nicht passiert. Moritz ist nur über diese eine Ecke marschiert, dann hat ihn Mama wohl zum Glück erwischt. Also: Wir nehmen nur das obere Stück hier weg, und dann könnt ihr anfangen. Besser ein paar Plätzchen weniger als gar keine!"

Ja, er hatte wohl recht. Hier war immerhin noch etwas zu retten! Christian entfernte das Ärgernis und brachte das Häufchen Teig zum Komposthaufen im Garten, wo er dem eilig Reißaus nehmenden Moritz begegnete.

Als Christian in die Küche zurückkam, waren seine beiden Frauen schon eifrig bei der Arbeit. Nur Susi maulte noch ein bisschen, weil Mama vorhin ihren Vorschlag, die „Katzenpfoten-Plätzchen" mit zu backen, entschieden abgelehnt hatte.

16

Wieder war eine Woche fast vorüber, und übermorgen schon der dritte Advent! Anne hatte trotz allen Trubels jeden Abend ihre Mails durchgesehen, immer zwischen Resignation und Hoffnung hin und her gerissen. So auch heute. Christian fragte schon nicht mehr nach dem Ergebnis. Er sah es am enttäuschten Gesicht seiner Frau und nahm sie tröstend in den Arm.

„Na, ist ja noch ein bisschen Zeit. Vielleicht hat Matthias seinen Dienstplan noch nicht bekommen; jetzt, wo überall Ärzte fehlen!", sprach er ihr Mut zu. Doch langsam gingen sogar ihm die aufmunternden, zuversichtlichen Argumente aus.

Plötzlich fragte eine verschlafene Stimme aus dem angrenzenden Kinderzimmer:

„Mami? Paps? Ist es schon früh? Wann fahren wir denn los ins Spielzeugdorf?"

Christian lachte und strich Susi beruhigend über ihr verstrubbeltes Haar.

„Schlaf jetzt erst mal, sonst bist du morgen viel zu müde und wir müssen zu Hause bleiben. Wenn alles klappt, essen wir wieder zeitig und starten gleich danach. Träum was Schönes!"

Anne deckte die Kleine sorgfältig zu und gab ihr einen weiteren Gute-Nacht-Kuss. Nach wenigen Augenblicken war Susi wieder fest eingeschlafen.

Noch eine ganze Weile blieb Anne an ihrem Bett sitzen. Sie dachte dabei an den Ausflug nach Dresden und ihre unverzeihliche Unachtsamkeit. Allein bei dem Gedanken an Susis Verschwinden krampfte sich ihr Magen erneut zusammen. Auch das Herz begann sofort wieder zu rasen. Nein, so ein Fehler durfte ihr nie, nie wieder passieren!

17

Als sie am nächsten Tag losfuhren, begann es gerade, in zarten Flocken zu schneien. Moritz sprang wild umher und wollte sie unbedingt einfangen. Schnee hatte er doch noch nie gesehen! Auch Susi war ganz aus dem Häuschen, tanzte um Moritz herum und ließ einige Schneekristalle auf ihren dunklen Handschuh fallen, wo sie ganz genau zu betrachten waren.

„Sieh mal, Mami, wie verschieden die aussehen! Und wie die glitzern!"

Aber dann hatten sie sich auch schon in winzige Wassertröpfchen verwandelt.

Als die Drei immer weiter ins Gebirge hinauf fuhren, blieb der Schnee sogar liegen und verzauberte die Landschaft wie in einem Wintermärchen. Susi schaute andächtig zum Fenster hinaus auf die verschneiten Tannenbäume, die Häuschen am Waldrand mit den schneebedeckten Dächern und die vielen Lichter in den Fenstern. Überall leuchteten schon jetzt am frühen Nachmittag zahllose Schwibbögen und Sterne. Aus den Gärten grüßten stattliche, mit Kerzen geschmückte Weihnachtsbäume und hier und da sogar eine mannshohe Pyramide.

„Mami, Paps, ich muss unbedingt ein Bild malen, wenn wir zurück sind! Darauf soll es ganz genauso schön aussehen wie hier draußen!"

Endlich erreichten sie das weltbekannte Weihnachts- und Spielzeugdorf Seiffen und ergatterten sogar noch einen Parkplatz, der nicht allzu weit abgelegen war. Viele Menschen wollten also, so wie sie, einen „richtigen" Advent erleben. Sie alle schlenderten die über und über mit schwarz-bunten Holzlaternen, Lichterbögen, beleuchteten lebensgroßen Figuren und hohen Pyramiden geschmückte Straße den Berg hinauf. In allen Fenstern standen die seit Jahrhunderten hier hergestellten hölzernen Engel und Bergmänner. Es heißt, dass man in früheren Zeiten in der Adventszeit so viele Engel und Bergmannsfiguren ins Fenster stellte, wie man Kinder hatte: Engel für Mädchen, Bergmänner für Jungen.

Susi konnte sich nicht sattsehen an all den Figuren und an den vielen Lichtern in warmen Gelbtönen. Grellbunt flimmernde Beleuchtungen wie an so manchem Haus in ihrer Stadt waren hier undenkbar. Auch davon wollte sie zu Hause ein Bild malen. Aber dann fesselte doch etwas anderes ihre Aufmerksamkeit: Es duftete aus den vielen mit Tannengrün geschmückten Holzhütten am Straßenrand verführerisch nach gebrannten Mandeln, Zuckerwatte, gebackenen Krapfen und Punsch. Christian spendierte für alle zusammen eine große Tüte noch warmer Krapfen, für Susi einen Kinderpunsch und für sich und Anne je einen echten Glühwein, der die mittlerweile etwas klammen Finger wieder auftauen sollte.

Richtig warm wurde ihnen jedoch erst in einem der zahlreichen Verkaufs- und Schauräume. Hier lockte eine nahezu unübersehbare Menge von Holzspielzeug, Leuchtern, Pyramiden und verschiedensten Figuren zum Kauf. Susi wusste gar nicht, wo sie zuerst hinsehen sollte: Überall leuchtete und drehte sich etwas! Und mitten durch den Raum war ein Seil gespannt, auf dem eine Art Hampelmann auf seinem Fahrrad immer hin und her fuhr!

Auf einer Schautafel im hinteren Teil des langgestreckten Raumes wurde erklärt, dass hier die Tradition der Spielzeugherstellung schon vor über vierhundert Jahren begonnen hatte. Damals war der Bergbau nicht mehr so ergiebig, und die Bergleute mussten nach neuen Verdienstmöglichkeiten suchen. So begannen sie zu schnitzen, entwickelten das Reifendrehen und stellten Spielzeug her. Die ganze Familie musste mithelfen, denn sonst reichte der karge Lohn nicht zum Leben.

Anne und Christian nutzten die Gelegenheit, um ein paar Geschenke für liebe Verwandte und Freunde auszusuchen, die in anderen Regionen Deutschlands wohnten. Die hölzernen Kostbarkeiten, gut verpackt in kleinen Schachteln, verstaute Anne in ihrem Rucksack.

Doch dann hörten sie durch die sich laufend öffnende Ladentür ganz in der Nähe eine Blaskapelle, die Weihnachtslieder spielte. Eilig verließen sie das Geschäft. Susi war ganz aufgeregt und zog ihre Eltern mit aller Kraft in Richtung der Musik, denn sie wollte ihr ganz nahe sein und unbedingt mitsingen. Wie staunten sie aber, als sie auf dem Platz vor dem Rathaus inmitten der dichtgedrängt stehenden Menschen nicht nur eine Kapelle, sondern eine ganze Bergparade erblickten! All die Berg- und Hüttenleute in ihren traditionellen bergmännischen Festuniformen, dem *Habit*, hatten nach der alten vorgeschriebenen Rangordnung Aufstellung genommen. Zwar gibt es im Erzgebirge längst keinen Bergbau mehr, aber die damit zusammenhängenden Traditionen werden in der Region nach wie vor voller Stolz gepflegt. Erst im letzten Sommer hatten sie zu Hause einen Aufzug der Bergparade ihrer alten Bergstadt Freiberg miterlebt.

Christian hob Susi auf seine Schultern. Von dort oben entdeckte sie voller Freude eine Gruppe von Kindern, die lebendig gewordenes Spielzeug darstellten. Was es da nicht alles zu sehen gab: lachende Nussknacker, kichernde Engel und Bergmänner, Spielzeugverkäufer mit *Bauchladen*, singende Räuchermänner, Laternenkinder und noch viel mehr!

Aber Susi wurde langsam zu schwer, und Christian musste sie wohl oder übel wieder absetzen. Nun konnte sie nichts mehr sehen und jammerte enttäuscht. Ein älteres Ehepaar vor ihnen sorgte zum Glück dafür, dass sie bis in die erste Reihe hindurchschlüpfen konnte.

Jetzt bemerkte sie auch eine Gruppe weiterer Kinder: Kurrende-Sänger in schwarzem Umhang mit großem, weißem Kragen und mit schwarzer Mütze. Sie sahen genauso aus wie die Figuren zu Hause auf dem Schwibbogen! Paps hatte ihr erzählt, dass diese Kurrende-Kinder hier im Spielzeugdorf an den Adventssonntagen singend durch den Ort ziehen. Nach alter Tradition wünschen sie den Menschen auf diese Weise eine gesegnete Advents- und Weihnachtszeit.

Begeistert sang auch Susi alle Lieder mit, die sie im Kindergarten und zu Hause gelernt hatte. Nur die erzgebirgischen kannte sie nicht, aber das klang so lustig, dass sie an manchen Stellen vergnügt kicherte. Auch für Anne war die erzgebirgische Mundart etwas Besonderes. Fast alle von diesen hier gespielten Liedern kannte sie aus ihrem Elternhaus. Damals begleitete ihr Vater den Gesang der Familie auf dem „Schifferklavier" oder mit der Gitarre. In diesem Moment begann die Blaskapelle den *„Schneeschuhfahrer-Marsch"* des Mundartdichters Anton Günther zu spielen. Beim Refrain lachte Anne leise in sich hinein, weil sie ihn als Kind lange Zeit missverstanden hatte. So heißt es im Text:

Frisch auf, alle Zeit!
Mir halten trei ze onnrer Haamit
on singe lustig onner Lied.
On müss mer fort,
nort kehrn mer wieder,
su wie dr Vugel hamwärts zieht!

Aber Anne hatte immer gehört: *So wie dr Vugelham-mer zieht!* Bis sie sich irgendwann ein Herz fasste und fragte, was denn ein *Vugelhammer* für ein Hammer wäre. Unter dem Gelächter der Erwachsenen war sie schließlich darüber „aufgeklärt" worden.

Inzwischen war die Blaskapelle bei ihrem letzten Lied angelangt, und das war bei allen Bergparaden die jahrhundertealte Hymne der Bergleute, das *„Steiger-Lied"* oder auch *„Glückauf-Lied"* genannt. Anne und Christian kannten es seit Kindertagen und sangen kräftig mit. Immer wieder erlebten sie, wie den Einheimischen ein gewisser Stolz anzumerken war, wenn sie in der Menge gerade dieses Lied sangen. Und das betraf nicht nur ältere Leute, sondern auch Jugendliche und Studenten. Sogar Susi hatte den Text im Kindergarten gelernt.

Als die letzten Töne verklungen waren und die Musiker ihre Instrumente einpackten, setzte sofort ein wildes Schubsen und Drängeln ein. Anne fasste instinktiv nach Susis Hand und sah sich nach Christian um. Der hatte seine Fotoausrüstung mit und die Zeit genutzt, um einige stimmungsvolle Aufnahmen zu machen. Doch plötzlich begann er, unruhig auf dem verschneiten Boden herumzusuchen: Er hatte, wieder einmal, seinen Objektivdeckel aus der Jackentasche verloren. Und wie er später kleinlaut zugab, auch einen seiner neuen Lieblingshandschuhe.

Bei den vielen Leuten rundum fanden sie beides natürlich nicht wieder, zumal es inzwischen richtig dunkel geworden war. Susi schlug mit verschmitzt blitzenden Augen vor, an Christians Handschuhe eine Schnur anzunähen, so wie es Mama für sie getan hatte. Da würden sie lustig aus den Jackenärmeln baumeln und könnten nicht verloren gehen. Christian knurrte missmutig: „Weibervolk!", musste dann aber wider Willen selbst lachen. Auf dem Rückweg zum Auto rief Susi plötzlich:

„Mami, dein Rucksack ist offen!"

Erschrocken überprüfte Anne den Inhalt.

„Mist, meine Geldbörse ist weg!", stieß sie ärgerlich hervor. „Bloß gut, dass ich nur wenig Geld und keine Dokumente drin hatte. Und dass die Geschenke noch da sind!", tröstete sie sich dann nach den ersten Schrecksekunden selbst.

„Hättest du nicht besser aufpassen können? Zum Beispiel den Rucksack nach vorne nehmen?", bemerkte Christian vorwurfsvoll.

„Ach, und wer hat vorhin so gut auf seine Handschuhe und den Objektivdeckel aufgepasst!?", erwiderte Anne erbost.

Susi hatte schon den Mund geöffnet und wollte etwas sagen. Dann spürte sie aber, dass es wohl jetzt besser war zu schweigen, und trottete neben ihren Eltern her. Zum Glück wusste sie schon, dass die beiden einander nie lange böse sein konnten.

18

Am nächsten Tag, dem dritten Adventssonntag, blieben Franziska und Susi nach dem Gottesdienst noch in der Kirche. Heute wollten sie das Krippenspiel vor Ort proben, mit allen Requisiten, Beleuchtung und Mikrofon. Susis Herz klopfte bis zum Hals, als die Probe begann. Ein paar unbedeutende Schnitzer passierten schon noch: So kippte die Kleine zum Beispiel mit ihrer Fußbank mitten im Spiel um, weil sie vor Aufregung nicht still sitzen konnte. Aber im Großen und Ganzen lief es schon recht gut. Frau Altmann zauberte, wie eine richtige Omi eben, für alle in der Pause heißen Tee und selbstgebackene Kekse aus ihrem Einkaufsbeutel. Susi kam mit ihr prima zurecht und sagte schon vor der Probe „Omi" zu ihr. Frau Altmann freute sich darüber. Sie hatte extra für Bruno, Susis Schäfchen, ein kleines Glöckchen an einem gehäkelten Halsband mitgebracht.

Anne und Christian waren inzwischen zu Hause angekommen, wo sie eine böse Überraschung erwartete. Irgendwie hatte es der geschickte Kater Moritz doch abermals geschafft, eine Tür zu öffnen: diesmal die Zwischentür vom Keller herauf ins Erdgeschoss. Dort unten konnte er sich aufhalten, wenn niemand im Haus war, oder auch allein durch die Klappe ins Freie gelangen. Aber nun war er fröhlich nach oben spaziert, wo dummerweise auch noch die Küchentür offen stand. Hier hatte Christian schon einiges für das Mittagessen vorbereitet und die Kabeljau-Filets zum Auftauen ausgebreitet. Und nun fehlte eins, zum Glück nur das kleinste, das ganz vorn gelegen hatte. Anne war wütend und schimpfte.

„Du hattest doch schon beim letzten Mal versprochen, dir was einfallen zu lassen! Ist doch klar, dass Moritz es immer wieder versucht. Hier oben ist es ja viel interessanter, und wenn dann auch noch die Küchentür offen steht…"

Christians Verteidigungsversuch fiel recht kläglich aus. Er wollte sich nun jedoch wirklich Gedanken zu diesem Problem machen. Und nebenbei gesagt: Der Fisch zum Mittagessen hat trotz des Zwischenfalls für alle gereicht.

Am Nachmittag herrschte wieder Frieden im Haus. Christian hatte wegen der Kellertür eine geniale Idee gehabt und einfach die Klinke hochkant angeschraubt. So bekam sie Moritz bestimmt nicht auf! Und dann gab es eine gemütliche Vorlese-Stunde. Jeder trug seine weihnachtliche Lieblingsgeschichte oder sein Lieblingsgedicht vor. Zum Schluss wählten alle, wie bereits in den Vorjahren, Christian zum „Besten Märchenonkel aller Zeiten". Seine tiefe, ruhige Stimme hatte schon manchmal dazu geführt, dass Anne beim Vorlesen die Augen zufielen. Christian war dann ein bisschen sauer, aber Anne erklärte ihm verlegen lachend, dass es ja ein Kompliment für ihn wäre, sie zu einer derartigen Tiefenentspannung bringen zu können. Doch diesmal bestand keine Gefahr einzuschlafen. Christian hatte eine Geschichte in erzgebirgischer Mundart aus einem alten Buch von Annes Eltern ausgewählt: *„Es Weihnachtsengele"*. Schon alleine darüber, wie er sich oft beim Vorlesen fast die Zunge verrenkte, brachen alle in lautes Gelächter aus. Schließlich war er ja kein „echter" Erzgebirger!

Bevor Franziska wieder zum Zug musste, wollte sie von ihrer Mutter noch wissen, ob ihr Bruder sich inzwischen gemeldet hätte. Annes Gesicht spiegelte eine Mischung aus Verzagtheit und einem Fünkchen Hoffnung wider, als sie berichtete:

„Matthias hat gestern spät abends ein Foto von einem Berliner Weihnachtsmarkt geschickt und uns einen schönen dritten Advent gewünscht. Nichts weiter." Anne hob ratlos die Schultern.

„Na, so schlecht klingt das doch gar nicht", überlegte Franziska laut.

„Immerhin hat er sich überhaupt gemeldet und uns noch nicht schöne Weihnachten gewünscht!"

Christian nickte beifällig und brummte in Annes Richtung: „Hab ich dir ja auch schon gesagt."

Dann fügte Franziska noch hinzu: „Mam, du kannst mein Zimmer ruhig schon für Gäste vorbereiten. Nur so für alle Fälle. Da ziehe ich über Weihnachten eben zu Susi. Das heißt, wenn sie es mir erlaubt!"

Als Antwort flog ihr die kleine Schwester vor Freude um den Hals.

„Au ja, da können wir nachts noch erzählen und ich darf auch so lange aufbleiben wie du!"

19

Die Woche vor dem vierten Advent war immer besonders hektisch. Anne nahm sich in jedem Jahr vor, mit den Weihnachtsvorbereitungen rechtzeitig zu beginnen und nicht alles perfekt erledigen zu wollen. Aber, wie es aussah, würde ihr das wohl wieder nicht gelingen. So vieles war unbedingt noch zu tun, dachte sie zumindest. Da mussten Briefe und Karten geschrieben und ein paar Kleinigkeiten, liebevoll verpackt, zur Post gebracht werden. Einkaufslisten waren abzuarbeiten, die Geschenke für ihre Familie in hübsches Papier zu hüllen und mit originellen Schleifenbändern zu versehen. Und außerdem wollte Susi mit ihr lustige Pfefferkuchen-Männchen backen. Immerhin hatte sich Anne in diesem Jahr dazu durchgerungen, den Teig fertig beim Bäcker zu kaufen.

Bei Christian stand die „Aktion Weihnachtsbaum" noch aus, für Anne immer mit Zittern und Zagen verbunden. Würde diesmal alles beim Aufstellen ohne Zwischenfälle gelingen? Der Baum in den Ständer passen und beim Transport durch den Flur nicht sämtliche Dekorationen mitreißen? Im Laufe der Zeit war ihr Erfahrungsschatz an möglichen Katastrophen beträchtlich gewachsen. Aber diesmal sah alles gut aus, denn der Baum sollte schon am kommenden Samstag fix und fertig in den Wintergarten gebracht werden. Ohne Eile und Stress! Das war zwar gegen die alten erzgebirgischen Traditionen, aber viel entspannter.

In Annes Elternhaus durfte der Weihnachtsbaum frühestens am Tag vor dem Heiligen Abend aufgestellt und erst am nächsten Vormittag geschmückt werden. Diese Aufgabe übernahm immer ihr Vater. Damals glänzte der Baum am Heiligabend, natürlich mit echten Kerzen, in einheitlichem festlichem Silber. Außer mit vielen Kugeln und kleinen Glöckchen wurden die Zweige mit alten, schweren „Silberfäden" behängt, die aus bleihaltigem Stanniol bestanden. Sie stammten noch aus dem Haushalt der Großeltern. Oma hatte ihr damals erklärt, dass das Lametta ursprünglich an die Eiszapfen an den Tannen im Wald erinnern sollte. Nach Neujahr, wenn der Baum „abgeputzt" wurde, war die kleine Anne immer sehr traurig darüber. Sie hätte diese Pracht gern noch viel länger im Zimmer gehabt. Doch der täglich dichter werdende Nadelteppich am Boden sprach eine andere Sprache. Immerhin durften sie und Matthias jeden der kostbaren Fäden fein säuberlich auf Stuhllehnen hängen. Von dort wurden sie sorgfältig mit dicken Wollfäden gebündelt und in einem Karton für das nächste Jahr aufbewahrt. Dieses „richtige" Lametta, das wegen seines Gewichts viel schöner und glatter an den Zweigen hing, gab es ja nicht mehr zu kaufen.

Anne tauchte langsam aus ihren Kindheitserinnerungen wieder auf. Nein, man durfte Traditionen durchaus dem Heute anpassen, wenn man sie nicht völlig entstellte, fand sie. Und alles, was zu mehr Ruhe und weniger Stress beitrug, konnte ja nur gut sein, oder? Ein leiser Zweifel blieb dennoch.

Am meisten beunruhigte es Anne, dass sie noch immer nicht wusste, ob sie Weihnachten Gäste haben würden. Warum Matthias sich nicht endlich äußerte? Konnte oder wollte er keine Entscheidung treffen? Oder stand sein Dienstplan für die Festtage noch aus? Natürlich hätte sie versuchen können, ihn zu einer Antwort zu drängen. Aber sie hatte das Gefühl, damit vielleicht die ersten zarten Fäden einer möglichen Annäherung wieder zu zerstören. Ja, Franziska hatte wohl recht: Sie würde einfach vorsorglich deren Mansarde als Gästezimmer herrichten. Eine Liege stand ja auch noch drin, falls er wirklich jemanden mitbringen sollte. Und zu Essen war sowieso immer mehr als genug da.

20

Schon war der Samstag vor dem vierten Advent heran und damit auch der Beginn von Franziskas Weihnachtsferien. Da ihre Studienveranstaltungen erst Anfang Januar wieder begannen, wollte sie heute nach Hause kommen und bis nach Neujahr bleiben. Alle freuten sich auf ein paar gemeinsame Tage.

Am Morgen war Susi mit fröhlichem Indianergeheul von Fenster zu Fenster gerannt, denn es hatte die ganze Nacht über kräftig geschneit. Die steile Zufahrt zur Straße war momentan unpassierbar und Annes kleines Auto auf dem Hof unter einem riesigen Schneeberg nur noch zu erahnen.

Nach dem Frühstück machte sich Christian also ans Werk: Schneeschippen war als erstes angesagt, und der Weihnachtsbaum musste warten. Ja, da nützten Annes beste Stress-Vermeidungspläne gar nichts! Doch es kam immer mehr Schnee. Kaum stand Christian wieder im Zimmer und hatte sich umgezogen, war der Weg erneut zugeschneit.

Oben auf der Straße hielt plötzlich das Auto eines jungen Kollegen, der Christians Foto-Leinwand über die Feiertage ausleihen wollte. Schnell saß er wieder am Steuer. Aber trotz Christians Warnung, lieber rückwärts zur Hauptstraße zurückzukehren, wollte er siegessicher weiter die Anhöhe hinauffahren und über den Feldweg auf die Bundesstraße stoßen. Er kenne sich hier aus, meinte er. Es dauerte jedoch nicht lange, bis es an der Haustür Sturm klingelte: Er war da oben mit seinem schicken Sportwagen in einer Schneewehe stecken geblieben. Also zog Christian, der sich gerade um den Weihnachtsbaum kümmern wollte, seine hohen Stiefel wieder an und stapfte, mit Schaufel und Schneeschieber bewaffnet, los. Doch zu zweit konnten sie nicht viel ausrichten. So trommelte Christian eilig ein paar Nachbarn zusammen, und mit vereinten Kräften gelang es ihnen schließlich, das Auto frei zu bekommen und zurück auf die Straße zu schieben. Nun hatte der junge Mann nichts mehr gegen das Rückwärtsfahren.

Christian beschloss, die Zufahrt jetzt sofort noch einmal frei zu schieben, denn am Nachmittag wollte er Franziska vom Bahnhof abholen. Und bei Schnee auf dem Weg hatte er mit dem Auto erst recht keine Chance, den steilen Hang hinaufzugelangen. Als er fertig war, lagen auf dem zuerst freigeschippten

Stück schon wieder einige Zentimeter Schnee. Na, das würde ja heiter werden! Er konnte sich nicht erinnern, wann es das letzte Mal innerhalb von wenigen Stunden so viel geschneit hatte. Die einzige, die sich im wahrsten Sinne des Wortes wie ein Schneekönig freute, war Susi. Sie tobte durch den Garten, ließ sich dann der Länge nach in den unberührten Schnee fallen und spielte „Engel".

Während des Mittagessens sahen Christian und Anne immer wieder mit sorgenvoller Miene zum Himmel, denn es schneite ununterbrochen weiter. Ob da Franziskas Zug pünktlich sein würde? Und ob in ein paar Stunden die steile, kurvenreiche Hauptstraße hier heraus zu ihnen noch frei wäre? Christian machte sich seufzend, aber pflichtbewusst zum dritten Schnee-Einsatz bereit.

„Da kommt man ja zu nichts anderem!", knurrte er. Und Anne? Sie hatte ihre schönen Pläne zur Stress-Reduzierung längst aufgegeben.

Als Christian mit roter Nase und eiskalten Ohren wieder hereinkam, war der Weg im Nu erneut unter einer Schneedecke verschwunden.

„Ich werde wohl Franziska ein Taxi spendieren müssen", meinte er kopfschüttelnd, „sowas aber auch!"

Wie auf Stichwort klingelte das Telefon. Franziska vermeldete, dass ihr Zug unterwegs zwanzig Minuten gestanden hätte, weil es Probleme mit einer Weiche gab. Jetzt ginge es aber weiter. Die Mitteilung, dass ihre Familie nahezu eingeschneit war, nahm sie ganz locker zur Kenntnis. Gut, dann wolle sie erst einmal versuchen, den letzten Bus noch zu erreichen und dann notfalls das Taxi-Angebot ihres Papas annehmen.

So, das wäre geklärt. Nun wollte Christian endlich schnell noch den Weihnachtsbaum im Keller zurechtmachen und dann heraufholen. Im dritten Anlauf musste es doch gelingen! Nachdem er das Netz entfernt hatte, brauchte er unten nur wenige Äste abzusägen. Der Baum war wunderbar gleichmäßig gewachsen und passte auch hervorragend in den Ständer. Na gut, etliche Äste waren vielleicht ein wenig weit ausladend, aber das würde schon gehen. Vorsichtig bugsierte Christian den Baum um die Ecke herum und die ersten Stufen der Kellertreppe hinauf. Zusammen mit dem Ständer war das schon ein beträchtliches Gewicht. Doch plötzlich stolperte er und fluchte laut: „Schei…-Kater!" Moritz war mit durch die Tür gehuscht und ihm wohl vor die Füße geraten. Der Kater spürte sofort, dass „dicke Luft" war, und verzog sich eilig. Anne war besorgt aus der Küche gekommen und versuchte, beruhigend auf Christian einzureden.

„Sieht doch schon gut aus! Gleich hast du es geschafft, mein Schatz!"

Aber die Öffnung der Wohnzimmertür war wohl für die stattliche Breite des Prachtexemplars ein wenig zu schmal. Christian entwickelte vor lauter Ärger ungeahnte Kräfte, hielt den Baum nun in einer Hand und drehte ihn ungeduldig hin und her. *Fast wie ein Weihnachtsengel mit Baum*, dachte Anne noch belustigt, und dann ging das Licht aus.

21

Kein Strom! Sofort war es stockdunkel im ganzen Haus, und auch die Straßenbeleuchtung oben neben der Zufahrt streikte. Bei den Nachbarn rundum war es genauso finster. Anne fand schnell eine Taschenlampe und drückte sie ihrem lautstark schimpfenden Mann in die Hand. Er hatte den Baum wutentbrannt in die Ecke gefeuert und ging nun in den Keller zurück, um seine Stirnlampe zu holen. Anne tastete sich im Dunkeln voran und brachte Haushaltskerzen, Teelichter und Streichhölzer. So, jetzt konnte man sich wenigstens überall orientieren. Nach einer Weile sah sie auf ihre Armbanduhr. Eigentlich hätte Franziska inzwischen da sein müssen, egal ob mit Bus oder Taxi. Weit war es ja nicht vom Bahnhof bis hierher, aber wer weiß, wie die Straßen in der Stadt und zu ihnen heraus aussahen! Langsam machte sie sich Sorgen. Sie rief Franziska auf ihrem Handy an, bekam aber keine

Verbindung. Also blieb nur abzuwarten.

Inzwischen war es im ganzen Haus merklich kühler geworden, denn auch die Heizung brauchte Strom. Wie abhängig man doch von der Elektroenergie war! Anne dachte an die Erzählungen ihrer Mutter aus deren Kindheit. Damals hatten sie in ihrem kleinen ostpreußischen Dorf überhaupt keinen Strom, nur Petroleumlampen und Batterien für das Radio. Trotzdem oder gerade deshalb muss es im Winter gemütlich zugegangen sein. Alle saßen in der Advents- und Weihnachtszeit rund um den großen Kachelofen und hatten Zeit füreinander. Beim Schein der Petroleumlampe wurde erzählt und gesungen: *Uhleflucht* nannten sie diese Dämmerstunde. Doch bequemer war es heute schon. Wenn nicht gerade der Strom ausfiel. Hoffentlich hielt die Störung nicht gar zu lange an!

Plötzlich donnerte jemand an die Haustür. Ach ja, die Klingel funktionierte auch nur mit Strom.

Susi fragte etwas unsicher: „Kommt denn heute schon der Weihnachtsmann?“

Anne eilte zur Tür und erkannte diesen „Schneemann“ davor erst bei genauerem Hinsehen. Es war tatsächlich Franziska! Sie war völlig mit Schnee bedeckt und verfroren, weil sie den drei Kilometer langen Weg vom Bahnhof bis hierher zu Fuß gehen musste, noch dazu mit ihrem schweren Rucksack. Weder Bus noch Taxi war bei diesen extremen Straßenverhältnissen gefahren. Und nun wollte sich das arme Kind aufwärmen und auf der Stelle einen heißen Tee! Anne nahm ihr erst einmal die nassen Sachen ab und suchte neue, warme Kleidung. Zum Händeauftauen hatte sie zum Glück einen Taschenwärmer, bei dem man das Stahlplättchen im Inneren nur umzuknicken brauchte. Im Nu wurde das Ding warm! Franziskas Miene hellte sich wenigstens ein bisschen auf. Susi brachte ihre Fellmütze angeschleppt, die wie ein Teddybär aussah, aber der großen Schwester nicht passte. Dafür sprang Moritz auf Franziskas Schoß und spendete ebenfalls ein wenig Wärme. So viel Fürsorge konnte einen ja nicht „kalt" lassen! Auch Christian wollte zum wärmeren Familienklima beitragen. In seiner Keller-Werkstatt hatte er einen kleinen Topf voll Wasser mittels eines Propanbrenners zum Kochen gebracht. Nun suchte er mit Hilfe der Stirnlampe im Küchenschrank nach einem Teebeutel und präsentierte seiner großen Tochter stolz den gewünschten heißen Tee. Franziska traute sich bei so viel Einsatz nicht zu sagen, dass er versehentlich Kamillentee erwischt hatte, den sie gar nicht mochte. Aber immerhin war er heiß!

Langsam entspannte sich das Familienklima etwas. Susi fand es richtig gemütlich mit all den Teelichtern und Leuchtern ringsum und versuchte sich an Schattenspielen.

Da plötzlich, wie von Zauberhand, ging das Licht wieder an. Alle kniffen zunächst die Augen zu und blinzelten einander erleichtert an. Das Brummen der

Heizung war wieder zu hören, Anne setzte eilends Wasser für einen „richtigen" Tee auf, und Christian?

Er griff erneut zum Weihnachtsbaum. Anne hielt vor Schreck den Atem an. Auch Susis Augen blickten ängstlich. Schließlich hatte sie ja den Ärger miterlebt und Papas wutentbranntes Gesicht gesehen. Aber, oh Wunder: Jetzt passte der Baum auf einmal durch die Wohnzimmertür!

22

Zum Glück hatte es kurz nach dem Stromausfall endlich aufgehört zu schneien, und auch in der Nacht blieb es klar. Trotzdem hatte Christian am Morgen des vierten Advents eine beträchtliche Menge Schnee wegzuschippen, damit sie pünktlich zur Kirche kamen. Heute fand doch die Generalprobe des Krippenspiels statt! Franziska hatte zwar angeboten, am Morgen beim Schneeschippen zu helfen, aber Christian brachte es nicht fertig, sie zeitiger als nötig zu wecken. Schließlich musste sie sich erst einmal vom gestrigen Tag erholen. Und außerdem: Ein echter Mann erkämpfte den Sieg über so ein bisschen Schnee in der Einfahrt auch allein!

Zur Generalprobe klappte wirklich alles. Susi kippelte nicht wieder mit ihrer Fußbank, und das Schäfchen Bruno trug sein neues rotes Halsband mit dem goldenen Glöckchen. Sogar Franziska als gestrenge Regisseurin war zufrieden. Jetzt konnte der Heilige Abend kommen!

Noch während des Mittagessens begann es wieder zu schneien, und es sah nicht nach baldigem Aufhören aus. Inzwischen war es etwas milder geworden, sodass der Schnee sicher sehr schwer sein würde. Susi wollte sofort einen Schneemann bauen, aber Anne bestand auf einer kurzen sonntäglichen Mittagsruhe. Nach all der gestrigen Aufregung! Christian folgte dieser Anweisung seiner Frau mit Begeisterung, auch Franziska war nicht böse darüber. Nur Susi maulte.

Nach einer halben Stunde verließen alle, außer Anne, warm angezogen das Haus. Susi baute eine kleine Schneemann-Familie hinter dem Haus, Christian und auch Franziska rückten dem Schnee zu Leibe. Diesmal wollte sie zeigen, was in ihr steckte.

Der Schnee schien immer schwerer zu werden, die Arme wurden länger und länger. Aber beide schaufelten verbissen weiter, ohne eine Pause einzulegen. Christian schielte heimlich zu Franziska, und auch sie beobachtete aus den Augenwinkeln, ob ihr Vater einmal aussetzte. Nein, beide hielten durch, bis alle Wege und der Platz vor der Garage frei waren. Dann schlichen sie mit weichen Knien und tauben Armen erschöpft ins Haus.

Anne hatte inzwischen Teelichter in drei Laternen gesetzt und sie vor dem Hauseingang auf die Stufen gestellt. Das sah richtig romantisch aus. Bei Tee, Stollen und Plätzchen gestanden die beiden Schneehelden einander dann, dass jeder darauf gehofft hatte, der andere würde endlich eine Pause brauchen. Alle lachten entspannt, zumal es zum Glück nicht mehr schneite. Nur Susi hatte Angst um ihre Schneemann-Familie, falls es noch milder werden und tauen würde.

23

*A*m Montagmorgen erwachte Susi mit Halsschmerzen und Fieber. Und das, wo übermorgen doch Heiligabend war! Und Krippenspiel! Dicke Tränen kullerten ihre Wangen hinunter. Was nun? Zum Glück hatten Anne und Christian schon Urlaub und waren zu Hause. Anne machte sich Sorgen: Hatte sie das Kind zu lange im Schnee herumtoben lassen? Oder war es gestern in der Kirche zu kalt gewesen? Christian meinte, jetzt nütze alles Rätseln nichts, es müsse schnell gehandelt werden. Vielleicht wäre Susi dann am Heiligabend ja wieder fit. Also ließ Anne ihr volles Hausmittel-Programm anlaufen: feuchte Halswickel, Gurgeln mit Salbei, Erkältungstee trinken, salzige Pastillen lutschen. Und natürlich Bettruhe für heute! Susi stöhnte. Musste das wirklich alles sein? Und würden ihr nicht auch Kakao und Gummibärchen helfen? Aber Anne ließ sich nicht erweichen.

Später kam Franziska ins Zimmer und las Susi zum Trost eine Geschichte vor. Als sie zu Ende war, hatte Susi etwas auf dem Herzen.

„Du, Franzi? Ob das Christkind mich nicht gesund machen kann? Ohne dieses ganze Zeug, was überhaupt nicht schmeckt?"

Die große Schwester bemühte sich, ernst zu bleiben und überlegte.

„Na ja, sicher will es, dass du ihm beim Gesundmachen hilfst und dich auch ein bisschen bemühst. Da wird es wohl nicht ohne Mamas Spezialmittelchen gehen!"

Franziska hob bedauernd die Schultern und nickte ihr ermutigend zu:

„Los, wir gehen jetzt zusammen gurgeln, und dann mache ich dir den Halswickel noch mal neu. Einverstanden?"

Widerwillig trottete Susi ihrer Schwester hinterher. Den ganzen Tag über versuchten alle, die Kleine aufzuheitern und unauffällig die Behandlungen zu überwachen. Sogar Kater Moritz durfte die kleine Patientin in ihrem Zimmer besuchen und mit ihr schmusen. Der Familien-Einsatz schien auch Erfolg zu haben, denn am Abend war das Fieber bis auf fast normale Temperatur gesunken.

Als Franziska in Susis Stifte-Becher etwas zum Schreiben suchte, staunte sie jedoch nicht schlecht, denn mehrere Halspastillen fanden sich darin! Und die Flamingo-Blume auf dem Fensterbrett war ziemlich nass und duftete verdächtig nach Erkältungstee.

Am Dienstagmorgen war das Fieber dann ganz weg, und alle atmeten erleichtert auf. Nachmittags übte Franziska mit der kleinen Schwester noch einmal kurz den Text für das Krippenspiel.

„Das klappt morgen wie am Schnürchen!", freute sie sich, und Susi strahlte.

Nur Anne wurde immer bedrückter, je näher der Heiligabend kam. Außer der Mail zum dritten Advent hatte Matthias noch immer nichts von sich hören lassen.

„Vielleicht will er dich ja überraschen, Mam?", vermutete Franziska.

24

*E*ndlich war nun der Heilige Abend da. Susi hüpf-
te aufgeregt von einem Zimmer ins andere.
Doch die Wohnzimmertür blieb bis zum Nachmittag
verschlossen, und auch durch das Schlüsselloch war
absolut nichts zu entdecken.

Christian bereitete in der Küche einen großen Topf
voll Kesselgulasch und auch das Festessen für die Feiertage zu. Anne und Franziska zauberten bunt deko-
rierte kleine Häppchen für das Abendessen, die sie
auf großen Platten anrichteten. So war es bei ihnen
seit Jahren Tradition, denn auf diese Weise hatte man
ganz schnell etwas Leckeres zur Hand, wenn die Familie irgendwann, mitten im Geschenke- und Papier-
chaos, Hunger bekam.

Franziska hatte vorhin im Stapel der Weihnachts-
CD's eine mit erzgebirgischen Liedern entdeckt und
sie in der Küche aufgelegt. Und jetzt ertönte gerade

das alte, lustige „*Heiligobnd-Lied*". Es war im Laufe der Jahre auf über 150 Strophen angewachsen, die auf humorvolle Weise vom Heiligabend im Erzgebirge erzählten. Anne hatte es schon als Kind begeistert mit ihren Eltern gesungen. Inzwischen liebten es auch ihre Kinder und trällerten zumindest den Refrain mit. Am besten gefielen Susi und Franziska die beiden Strophen vom Butterstollen und vom *Neinerlaa*. Die kannten sie sogar auswendig!

Mer hoom aah sachzn Butterstolln,
su langk wie de Ufenbank.
Un wenn mer die zamm gassen ham,
da sei mer alle krank!
Trala-dirallala, trara-dirallala, …

Mer hoom aah Neinerlaa gekocht,
aah Worscht mit Sauerkraut.
Mei Mutter hot sich ohgeplagt,
die alte gute Haut!

Beim Refrain tanzten die beiden Mädchen lauthals singend durch den Raum und kamen außer Puste.

Das traditionelle *Neinerlaa*, das *Neunerlei*, gehörte früher wie selbstverständlich zum Heiligabend im Erzgebirge. Es bestand aus neun verschiedenen Speisen, die alle eine bestimmte Bedeutung hatten und die Hoffnungen und Wünsche für das neue Jahr symbolisierten. So stand Bratwurst für Kraft und Herzlichkeit, Klöße bedeuteten großes und Linsen kleines Geld. Sauerkraut sollte das Getreide wachsen lassen, rote Rüben verliehen Schönheit und Sellerie Potenz und Fruchtbarkeit. Brot und Salz gehörten immer dazu, damit sie das ganze Jahr über im Haus niemals fehlen sollten. Das neunte und letzte Gericht war das Kompott, das für die Süße des Lebens und die Stärkung der Familie zu sorgen hatte. Hier gab es verschiedene Wahlmöglichkeiten: Backpflaumen, Bratäpfel oder auch Semmelmilch mit gehackten Nüssen. Im Laufe der Jahre haben sich aus diesen Grundzutaten viele verschiedene Varianten des *Neunerlei* ergeben, die jedoch am Heiligabend Punkt 18 Uhr auf dem Tisch zu stehen hatten. Noch heute ist dieser Brauch in vielen Familien des Erzgebirges lebendig, wenn er auch oft in „abgespeckter Form" angewendet wird. In zahlreichen Restaurants der Region entstanden daraus mittlerweile sogar begehrte Gourmet-Menüs.

Nach den Berichten von Annes und Christians Freunden, Nachbarn und Kollegen gab es jedoch bei den meisten zum Heiligabend lediglich Kartoffelsalat und Würstchen oder Bratwurst. Das wurde in Annes Kindheit höchstens als Mittagessen zubereitet. An ein abendliches *Neinerlaa* konnte sie sich schon gar nicht erinnern. Hierin war man in ihrem Elternhaus, aus welchen Gründen auch immer, nicht so traditionstreu wie bei anderen Bräuchen.

Mittlerweile war Franziska zu den Häppchen für den Abend zurückgekehrt und Susi ans Fenster. Zu ihrem Leidwesen, aber zu Christians Glück schneite es heute nicht. Ab und zu blinzelte sogar die Sonne aus den Wolken hervor und überzog die weißen Bäume und Sträucher im Garten mit einem Glitzerkleid.

Plötzlich rief die Kleine aufgeregt: „Bei uns hält ein Auto! Ein Taxi! Und jetzt kommt jemand den Weg runter!"

Anne ließ Tomatenstücke und Petersilie fallen und lief zum Fenster. Ihr Gesicht begann zu leuchten, und gleich in Hausschuhen rannte sie hinaus. Die anderen folgten ihr bis zur Haustür.

Ja, es war wirklich Matthias! Er zögerte kurz, stellte dann seine Tasche ab, breitete die Arme aus und Anne flog ihm entgegen. So wie früher. Ihr Bruder hob sie hoch und drehte sich mit ihr im Kreis, sodass ihre Pantoffeln im weiten Bogen in den Schnee flogen. Christian sammelte sie lachend ein.

„Wollt ihr nicht erst mal reinkommen?", fragte er.

Susi rief von der Tür aus: „Du bist der Onkel Matthias, der uns so lange warten lassen hat, stimmt's?"

Unsicher zuckte er mit den Schultern und nickte dann schuldbewusst.

„Und wer ist das da hinter dir?", wollte die Kleine weiter wissen.

Erst jetzt nahm Anne Notiz von der schlanken blonden Frau mittleren Alters. Sie hatte sich bis jetzt im Hintergrund gehalten und kam nun, verlegen lächelnd, näher. Matthias legte ihr die Hand auf die Schulter.

„Darf ich vorstellen? Das ist Saskia aus Rotterdam. Wir haben in Indien im gleichen Krankenhaus-Team gearbeitet und uns prima verstanden. Und nun wollen wir zusammenbleiben", erklärte er.

„Herzlich willkommen, wir freuen uns sehr!", rief Christian, und Anne nickte froh.

Saskia bedankte sich für die Einladung und verriet, dass Matthias schon viel über die Familie seiner Schwester erzählt hätte. Nun sei sie sehr gespannt darauf, sie alle persönlich kennenzulernen.

„Jetzt aber herein mit euch in die gute Stube! Es gibt gleich Essen, ihr seid doch bestimmt hungrig! Oder soll ich euch zuerst einen heißen Tee machen?", bot Franziska an.

Nach einer Weile lichtete sich das Chaos in der Diele. Franziska zeigte Saskia das provisorische Gästezimmer in der oberen Etage. Susi interessierte sich brennend für den Bart ihres Onkels und wollte ihn unbedingt einmal anfassen.

„Du kannst ruhig Onkel Matthi zu mir sagen, das ist kürzer", bot er an und ging in die Hocke, damit er mit ihr auf Augenhöhe war.

Die Kleine berührte mit den Fingerspitzen seinen Vollbart und wollte dann wissen, ob der beim Schmusen kratzen oder kitzeln würde.

„Dann probier' es doch einfach mal aus!", meinte er schmunzelnd.

Susi kam mit ihrer Wange ganz vorsichtig immer näher und kicherte dann. „Hihi, wie das kitzelt!"

Sie lachten und schienen sich prächtig zu verstehen. Anne sah amüsiert zu, während sie emsig zwischen Küche und Essdiele hin und her lief und noch zwei weitere Teller und Bestecke holte. Vor Freude und Aufregung hatte ihr sonst eher blasses Gesicht eine rosige Farbe angenommen. Im Vorbeigehen warfen sie und Matthias einander einen erleichterten Blick zu. Die Geschwister wussten, dass sie noch vieles miteinander zu klären und zu besprechen hatten. Aber der Anfang war gemacht, ein guter Anfang! Und jetzt zählte nur der Augenblick, den sie beide genossen.

„Kommst du nachher mit zum Krippenspiel in die Kirche? Ich mache auch mit und bin die Enkelin!", ertönte Susis Stimme mitten in die Überlegungen der Erwachsenen.

„Klar, wenn du mich mitnimmst?", antwortete Matthias.

Anne war froh über seine Zusage. Sie wusste ja, dass er kein Christ war und nur sehr selten eine Kirche betrat – jedenfalls bis jetzt.

Später in der Kirche bekam die ganze Familie, einschließlich Saskia, als Angehörige der Mitspieler Plätze in den vorderen Reihen. So konnten sie alles gut verfolgen. Zu Beginn des Spiels hatte Susi zwar ihr

Schäfchen Bruno an der falschen Stelle „Mäh!" ins Mikrofon rufen und bimmeln lassen, aber die Zuschauer amüsierten sich und lachten. Doch dann war es ein sehr berührendes Krippenspiel gewesen, bei dem es trotz der vielen Menschen in der Kirche ganz still geworden war.

Susi und Frau Altmann als Großmutter, die ihrer Enkelin am Heiligabend eine Geschichte erzählt, saßen links ganz am Rand des Altarraumes. Neben und hinter den beiden wurden die Figuren dieser Geschichte lebendig.

Ein hoch aufgeschossener Jugendlicher spielte den Vater, dessen Frau soeben in einer eiskalten Felshöhle einen Jungen geboren hatte. Nun war dieser junge Vater auf der Suche nach etwas zum Wärmen für Frau und Kind. Im Hintergrund, bei nur schwacher Beleuchtung, konnte man schemenhaft eine Frau mit ihrem Baby im Arm erkennen.

Auf der rechten Seite saß ein alter, abweisend wirkender Mann am Feuer, von einem etwas kleineren Jugendlichen im Hirtengewand dargestellt. Er war von Schafen und zwei bösen, zähnefletschenden Hunden umgeben. Die Hunde hatte ein künstlerisch begabtes Mädchen sehr realistisch auf Pappe gemalt und aufgestellt. Die „Schafe" waren alte, ausgestopfte weiße Kissenbezüge. Als vom Band dann noch drohendes Hundegebell und das vielstimmige „Määäh" einer Schafherde ertönte, wirkte die Szene fast echt.

Der Vater kam durch den Mittelgang nach vorn und entdeckte das Feuer. Zielstrebig und voller aufkeimender Hoffnung ging er darauf zu. Er hatte schon so lange vergeblich nach Wärme gesucht, und dort vorn wartete endlich die Rettung! Der alte Mann lachte hämisch und wollte seine Hunde auf ihn hetzen, aber sie gehorchten ihm heute nicht. Verwundert musste er mit ansehen, wie dieser „Eindringling" auch von den dicht gedrängt liegenden Schafen nicht am Weitergehen gehindert wurde. Sie ließen ihn einfach über ihre Rücken laufen!

Nun war der ungebetene Gast heran.

„Guten Abend!", sagte er. „Bitte, guter Mann, geben Sie mir etwas von Ihrem Feuer ab. Meine Frau und mein gerade erst geborener Sohn sind in einer steinernen Höhle und frieren entsetzlich!"

„Dann nimm doch von der Glut, wenn du kannst!", rief der Alte gehässig.

Doch was er dann sah, verschlug ihm die Sprache. Da der junge Vater nichts weiter bei sich hatte, griff er mit bloßen Händen in die Glut und legte etwas davon in seinen Mantel. Der böse Alte traute seinen Augen nicht: Weder die Hände des jungen Mannes noch der Mantel nahmen Schaden. Das konnte doch nicht mit rechten Dingen zugehen! War dieser Vater vielleicht ein Zauberer? Hatte er ihn, seine Hunde und die Schafe verhext? Was war nur in dieser merkwürdigen Nacht los? Das musste er herausfinden!

Und so folgte ihm der Alte bis zu der in Felsen gehauenen Höhle. Doch als er das unschuldige, schutzbedürftige kleine Kind sah und nahe zu ihm herantrat, geschah ein Wunder: Das Kind lächelte ihn an. Ihn, der doch seit langem zu niemandem freundlich gewesen war, geschweige denn jemandem etwas Gutes getan hatte. Ihn, der seine erwachsenen Söhne verstoßen hatte, weil sie mit ihren Schafherden in eine andere Gegend gezogen und nicht bei ihm geblieben waren.

Er wusste nicht, wie ihm geschah, aber er fühlte, wie der harte Eispanzer um sein Herz plötzlich zersprang und ihm ganz leicht und warm wurde. Wie im Traum nahm er sein Schaffell von den Schultern und deckte damit den Kleinen zu.

Die beiden Söhne des alten Hirten hatten das auffällig helle Licht in der fernen Felshöhle auch gesehen. Sie kannten die Stelle gut, waren dort jedoch noch nie Menschen begegnet. Was dieses plötzlich auftauchende Licht wohl zu bedeuten hatte? Brannte da etwas? Brauchte vielleicht jemand Hilfe? Eilig machten sie sich auf den Weg.

Als sie nach einiger Zeit bei der Höhle angekommen waren, wurden auch sie vom Anblick der strahlenden Kinderaugen berührt. Doch wie erstaunt waren sie erst, als sich der alte Mann in der Ecke umdrehte und sie ihren Vater erkannten! Ganz langsam und zögernd kam er auf sie zu und legte ihnen seine Hände auf die Schultern.

„Meine lieben Söhne, ich war so lange ungerecht und hartherzig zu euch. Könnt ihr mir verzeihen?", bat er mit leiser Stimme.

Und beide umarmten ihren Vater.

Anne fühlte in diesem Moment ihr Herz bis zum Hals herauf klopfen, denn Matthias, der neben ihr saß, hatte bei dem Wort *verzeihen* ihren Arm ganz fest gedrückt. Ach, wie froh und erleichtert sie war! Jetzt erst, wo sich ihr größter Weihnachtswunsch erfüllt hatte, würde es für sie ein richtiges Fest werden.

Nach der letzten Szene des Krippenspiels standen alle Mitspieler und Besucher auf, und die Orgel setzte ein. Anne hob den Blick und sah, dass an der Wand gegenüber der Text für das Schluss-Lied eingeblendet worden war. Aber die Worte verschwammen vor ihren Augen. Nach mehrmaligem energischem Blinzeln gewannen sie schließlich an Schärfe. Zu den gewaltigen Klängen der Orgel sangen alle gemeinsam das alte Weihnachtslied *„Oh, du fröhliche"*. Endlich stimmte auch Anne ein:

O du fröhliche, o du selige,
gnadenbringende Weihnachtszeit!
Christ ist erschienen, uns zu versühnen:
Freue, freue dich, o Christenheit!

Literatur

Gerig, Uwe (Hrsg.): *Spielzeugdorf Seiffen Erzgebirge*, Ruth Gerig Verlag 1993

Lagerlöf, Selma: *Christuslegenden*, Deutscher Taschenbuchverlag München 1994

Lindner, Reinhold/Walther, Klaus/Zwarg, Matthias (Hrsg.): *Das große erzgebirgische Weihnachtsbuch*, Chemnitzer Verlag 2002

Peter, Richard: *Dresden. Eine Kamera klagt an,* Dresdener Verlagsgesellschaft 1949

Pollmer, Karl Hans: *Gloria, Gloria Gott in der Höh'*, Evangelische Verlagsanstalt Berlin 1976

Links

https://www.aphorismen.de/gedicht/28444
http://erich-lang.info/index.php/lieder/s-raachermannel/text
http://www.anton-guenther.de/aguenther/html/schneeschuh.htm
https://de.wikipedia.org/wiki/Heiligobndlied
https://www.herrnhuter-sterne.de/index.php?id=18

Die Autorin weist ausdrücklich darauf hin, dass externe Links nur bis zum Zeitpunkt der Buchveröffentlichung eingesehen werden konnten. Deshalb hat die Autorin auf spätere Änderungen keinen Einfluss. Eine Haftung für externe Links ist stets ausgeschlossen.

FSC
www.fsc.org
MIX
Papier | Fördert
gute Waldnutzung
FSC® C083411

Zeitfracht Medien GmbH
Ferdinand-Jühlke-Straße 7
99095 Erfurt, Deutschland
produktsicherheit@kolibri360.de